아비투스, 아우라가 뭐지?

아비투스,
아우라가
뭐지?

아나운서와 불문학자의 대담

박정자 지음

대담 최대현

기파랑

모르면 인간의 진실에 무지하게 될
7개의 인문학 주제

대학에서 포스트모던 인문학 강의를 하면 학생들이 많이 불편해 한다. 예컨대 **선물** 이야기가 그렇다. 선물은 주기, 받기, 되갚기라는 엄격한 3단계 규칙으로 되어 있고, 그중의 하나만 어겨도 인간관계가 굉장히 위험해진다. 선물은 주는 사람이 받는 사람보다 우위에 있어서 이것을 되갚지 않을 경우 받은 사람은 준 사람에게 예속된다는 등의 이야기를 하면 학생들은 "내가 친구에게, 부모님께 혹은 교수님께 뭘 잘못한 건 아닐까?"라며 불안해 한다.

아비투스 이야기도 그렇다. 자본에는 돈이라는 경제적 자본만 있는 게 아니라 학벌이나 지식 같은 문화적인 자본, 인맥 같은 사회적인 자본도 있는데, 상류층을 최종적으로 결정짓는 것은 경제자본보다는 오히려 이런 상징자본이다. 상징자본이 일상에서 개인의 습관으로 드러나는 것을 아비투스라고 한다. 한 개인의 아비투스는 그가 어느 계층에 속해 있는지를 분명하게 보여 준다. 이렇게 말하면 학생들은 자신의 계급 좌표를 들키기라도 한 듯 민망하고 편치 않은 표정을 짓는다.

『유한계급론』을 쓴 소스타인 베블런은 **노동**은 하층민의 것, **여가**는 상류층의 전유물로 규정한 바 있다. 그러나 생활 수준이 전반적으로 높아져 여행이나 고급 스포츠가 대중화된 현대사회에서 베블런의 이분법은 더 이상 통용되지 않는다. 상류층은 놀고먹는 유한계급이기는커녕 오히려 눈코 뜰 새 없이 바빠 여가도 제대로 즐기지 못하는 무한(無閑)계급이다. 이 부분에서 학생들은 클리셰가 깨지는 쾌감을 느끼고, 나도 바쁘게 일해야지, 라는 건강한 자본주의 마인드를 다잡는다.

문제는 **계급**이다. 그리고 **권력**이다. 누구나 상류층이 되고 싶어 하고, 누구나 권력을 갖기를 원한다. 인간에게는 누구에게나 '권력(힘)에의 의지'가 있다. 남에게 비굴하지 않고 당당할 수 있기를 원하는 것, 이것이 바로 권력의지다. 그러한 권력을 갖기 위해 사람들은 돈도 벌고, 공부를 많이 하여 지식도 쌓고, 감각을 세련화시켜 예술적 취향을 높이기도 한다.

이런 개인적인 욕망을 위선적으로 억눌러 거대한 사회적 분노로 전환시키는 **담론**이 사회주의다. 그들은 돈을 천시하고, 오로지 부자들을 증오하는 것만을 가르친다. 그리고 막상 권력을 잡으면 그들은 자본주의의 온갖 과실은 다 향유한다. 그렇게 정치는 **아우라**와 진정성을 상실하게 되었다.

우리가 TV 대담의 마지막 회에 프랑스의 석학 **레이몽 아롱**의 담론을 자세히 소개한 것도 바로 그 때문이었다. 아롱은 평생 사회주의를 비판하였고, 자유주의와 자본주의만이 인간을 건강하고 자연스럽게 꽃 피우게 할 수 있다고 역설하였다.

　　이 책은 2021년 무더운 여름, 펜앤드마이크의 최대현 부장과 TV 화면에서 나눈 인문학 대담을 글로 묶은 것이다. 부디, 일상 속에 들어온 인문학 주제를 가벼운 마음으로 즐겨 주시기를.

2022년 2월
박정자

차
례

책을 펴내며_ 모르면 인간의 진실에 무지하게 될 7개의 인문학 주제 • **5**

1장   악마는 담론을 장악한다 • 11

사치는 신분 상승 욕구의 표출 • 16 / 권력은 '관계'에서 나온다 • 21 / 진실보다
강력한 '상징적 폭력' • 29 / 시민의식 고양할 자유·우파 담론 투쟁을 • 35

2장   권력의 시선, 당신의 수술실을 엿본다 • 43

감시는 권력이다 • 46 / '앎–권력'부터 '생체권력'까지 • 58 / 당신의 수술실을
CCTV가 본다면 • 67

3장   노동이 된 여가, 특권이 된 일 • 75

'과시 소비'에서 과소(過少)소비로 • 78 / 상류계급 따라 하기는 현대사회의 특
징 • 89 / 오늘날의 상류층은 '무한(無閑)'계급 • 97

4장   인문학으로 풀어 보는 선물 • 103

줄 의무, 받을 의무, 답례할 의무 • 105 / 선물은 권력·지배·위세의 징표 • 112 / 공
짜 점심은 없다 • 117

5장 당신의 생각을 지배하는 아비투스 • 125

경제자본, 사회자본, 문화자본 • 129 / 취향은 개인이 아니라 계급의 것 • 138 /
과거는 현재에 이력을 남긴다 • 149

6장 '아우라'가 사라진 정치 • 159

가까이 있어도 멀리 있는 듯한 • 162 / 제의(祭儀)가치에서 전시가치로 • 172 /
아우라와 진정성 상실의 시대 • 182

7장 레이몽 아롱이 한국 좌파에 보내는 경고 • 191

마르크시즘에 경도된 지식인 사회 맹공 • 199 / 68 세대, 레이몽 아롱을 재발견
하다 • 205 / 프랑스보다 40년 뒤처진 한국 • 210 / 젊은 미국의 '유쾌한 낙관
론' • 215

1

악마는 담론을 장악한다

최대현 여러분 안녕하십니까. 펜앤드마이크 최대현입니다.

펜앤드 마이크가 금요일에 특별한 프로그램을 하나 마련했습니다. '인문학으로 세상 읽기'입니다.

인문학이라고 하는 학문—저는 사실 대학 때 공대에서 건축 쪽 공부를 했기 때문에 인문학과는 좀 거리가 있는 삶을 살았는데요, 삶을 살아가면 살아갈수록 인문학적 소양이 정말 중요하구나 하는 생각을 하게 됩니다. 예를 들어 구글은 전 세계 최고의 검색 엔진을 갖고 있는 IT 기업인데, 이런 세계 최고의 기업에서 신입 사원을 뽑는데 6천 명 중 5천 명을 인문학 전공자로 뽑았다고 합니다. 그러니까 구글 같은 회사에서도 인문학을 참 중요하게 여긴다는 걸 알 수 있는데, 한국에서는 아직도 인문학이라고 하면 뭐랄까, 그냥 책 속의 이야기 정도로 치부되는 것도 같고, 특히나 저 같은 이공계 출신들은 대학에서조차 인문학을 제대로 공부할 기회를 갖지 못했어요. 그래서 오히려 사회에 나와서 비로소 책도 좀 보고 합니다.

그러니까 우선 독서를 많이 해야 되겠죠. 그래서 오늘도 제가 책을 세 권 가지고 나왔습니다. 먼저 『우리가 빵을 먹을 수 있는 건 빵집 주인의 이기심 덕분이다』—애덤 스미스의 『국부론』에 나오는 유명한 문장을 제목으로 한 것이죠. 그리고 『시뮬라크르의 시대』, 이 책은 하이퍼리얼리티에 관한 것이고, 마지막으로 『로빈슨 크루소의 사치 다시읽기』입니다. 세 권 모두 저는 굉장히 재미있게 읽었습니다만, 이 책들에 공통점이 있습니다. 바로 단 한 분의 저자가 썼다는 것입니다. 아마 이미 아시는 분들도 많으실 텐데, 우리 펜앤드마이크의 칼럼니스트로, 또 다른 매체들에서도 좋은 글로 유명하신 분입니다. 상명대학교의 박정자 명예교수님이십니다. 박정자 교수님과 함께 매주 금요일마다 우리 현대사회를 인문학 감성으로 꿰뚫어보는 시간을 가져 보고자 합니다.

서론이 길었습니다. 박정자 교수님 나와 계십니다. 교수님, 어서 오십시오.

박정자 네, 안녕하세요.

최 한번 모시기가 쉽지 않았습니다.

박 불러 주셔서 감사합니다.

최 글로는 자주 뵙는데, 이렇게 직접 모시고 말씀을 듣는 건 처음이군요.

박 네, 저도 처음 뵙습니다.

최 교수님 책을 읽으면서 항상 느끼는 건데, 독서를 정말 많이 하시는 것 같아요.

박 독서는 좀 합니다.

최 이야~ 보통 이렇게 말씀드리면 "아이, 뭘요" 그러시는데.

박 아니요, 독서 좀 했다고 뭐 그렇게 대단한 게 아니니까요. 그냥 책은 열심히 읽는 편입니다.

최 그러시군요. 그럼, 한창 읽으실 때는 얼마나 읽으셨습니까?

박 몇 권이다, 그렇게 셀 수 있는 건 아니고… 그냥 백 권, 천 권 이런 수량으로….

최 셀 수 없다?

박 그런 뜻이 아니고요, 저는 책의 권수는 별 의미가 없다고 생각해요. 어려운 책은 일 년에 한 권 읽어도 되는 것 아닌가요? 그런 식으로 책은 언제나 열심히 읽었습니다.

최 그러시군요. 책과 함께 해 오신 삶인데, 그 삶이 이 세 권의 책 안에 오롯이 들어가 있다고 느꼈습니다만.

박 감사합니다.

최 자 그럼, 손수 책 소개를 좀 해 주시지요. 먼저 『시뮬라크르의 시대』 —

박 요즘 현대사회는 "실체보다 이미지가 더 중요한 시대"라고 누구나 말하잖아요? 그런데 이미지가 중요하다는 건 결국 가상의 이미지가 실재보다 더 리얼한 사회가 됐다는 말입니다. 실재보다 더 실재 같은 가상의 세계, 그래서 사람들이 그 가상을 실재로 믿고 있는 사회, 다시 말해 하이퍼리얼의 시대입니다. 그런 시대에 대한 이야기를 화가 마그리트의 그림들을 예로 들어 쓴 책입니다.

최 저는 이 책을 주욱 보면서 이런 생각이 떠오르더라고요. 여러분, 광고 아시죠? "침대는 과학이다"라는 광고 카피도 있고, 오랜만에 만난 동창한테 "어떻게 지내?" 하고 물어봤더니 대답 대신 "삐빅~" 하고 자동차 키를 꺼내고는 그걸 눌러서 그 ○○차를 보여 준다는. 뒤의 경우는 그러니까 어떤 차를 직접 광고하는 게 아니라, "나는 성공한 사람이고 잘나가고 있어"라는 그 이미지를 팔고 있다고 할 수 있겠지요. 바로 그런 걸 이해하고 설명할 수 있게 해 주는 책이구나 하는 느낌을 받았어요.

그리고, 『우리가 빵을 먹을 수 있는 건 빵집 주인의 이기심 덕분이다』—이 책, 무척 재미있게 읽었습니다.

박 말씀하신 대로 애덤 스미스의 한 구절에서 가져온 제목이죠. 제목 그대로 자유주의 또는 시장경제, 이런 것의 가치를 우리 젊은 사람들이 공유해야 우리 사회가 건강한 사회가 될 거라는 기대에서 쓴 책입니다.

최 이 책은 다루는 분야가 정말 넓더군요. 목차를 가지고 잠깐 소개를 해 드리면, 예를 들어 '소소한 일상사의 자본주의'에서는 우파의 자유와 좌파의 자유를 구분해 놓으셨고, 기본소득제도 다루셨어요. 그러니까 요즘 이재명 경기지사가 기본소득제를 들고 나와서 사람들이 기본소득이 어떤 건지 대충은 아는데, 실제로 세계

박정자,
『로빈슨 크루소의 사치 다시읽기』(2021)

에서 어떤 나라들이 기본소득제를 가지고 어떤 실험과 논의를 했는지, 그 결과 어떻게 됐는지도 설명해 놓으셨고요.

저는 특히 공무원 증원 문제를 다루신 부분에서 많은 생각을 하게 되더라고요. 문재인 정권 들어 공무원 10만 명 늘리지 않았습니까? 이걸 나중에 어떻게 감당하려는 건지, 이게 계속되면 어떤 나라처럼 될지. 책에는 아르헨티나처럼 된다고 쓰셨지요.

그 밖에 '대항해시대'에 관련된 얘기들도 재미있었고, 에드먼드 버크, 하이에크 얘기들까지, 그야말로 이 책 한 권만 잘 읽으면 자본주의 시장경제와 자유민주주의를 이해하는 데 큰 도움이 될 것 같더군요.

그리고 세 번째, 가장 최근에 내신 책인데, 직접 설명해 주실까요?

박 『로빈슨 크루스의 사치 다시읽기』 말씀이시군요. 2006년에 『로빈슨 크루소의 사치』라는 제목으로 냈던 책인데, 그 책을 거의 다 새로 쓰다시피 해서 내면서 제목에 '다시읽기'를 붙였습니다. 우리의 소비생활 전반에 대한 얘기입니다.

사치는 신분 상승 욕구의 표출

최 저는 이 책을 처음 보고는 '아니, 로빈스 크루소가 무슨 사치를 해? 무인도에 혼자 표류해서 생활하는 얘기인데' 하고 생각하면서 읽었는데 웬걸요, 아주 흥미진진했습니다.

박 고맙습니다. 제목 그대로, 하다못해 로빈슨 크루소도 사치를 했다는 얘기입니다. 다른 선원들은 다 죽고 로빈슨 혼자 무인도에 떠밀려 와 우선 먹고살기에 바쁘잖아요? 바로 오늘 무언가 채집을 해서 오늘 먹고, 이렇게 하루하루 먹을거리 찾기도 힘든데, 그럼에도 불구하고 그러는 중에도 조금씩을 비축하고, 창고까지 지어서 거기다가 한 6개월간은 살 수 있는 식량을 비축했어요. 그러면, 비축한다는 게 뭐냐, 그게 이미 사치라는 겁니다.

최 비축이 사치다?

박 그렇습니다. 왜냐하면 사치와 낭비는 동전의 양면인데, 사치 또는 낭비의 정의는 이렇습니다. 우리가 생명을 유지하려면 반드시 갖춰야 할 꼭 필요한 재화가 있어요. 하루에 2,400칼로리 정도의 열량을 주는 음식, 추울 때 몸을 덥혀 줄 따뜻한 옷, 비 오고 눈 오고 바람 부는 날씨에 몸을 보호해 줄 지붕과 벽을 갖춘 집 등이 그것이죠. 생명을 유지하는 데는 이런 것만 있으면 족한데, 그 이상을 소비할 때 그게 바로 낭비 또는 사치라는 겁니다. 로빈슨은 그날 그날 자기 생명 유지에 필요한 것만 먹으면 됐지, 그다음 6개월까지 더 먹을 음식을 비축할 필요는 없었거든요.

최　그런데요, 로빈슨 크루소가 표류한 그 섬이 항상 따뜻한 기후라면 모를까, 만약 겨울이 되면 식물도 자라지 않고, 그럴 수도 있지 않습니까? 추운 겨울에 먹을 것 없으면 죽어야 되는 것 아닌가요?

박　그러니까 비축을 한 거죠. 짐승들처럼 겨울잠을 자거나 할 수 있는 게 아니잖아요. 생명 유지를 위해 딱 필요한 것 이상을 비축하고 소유한다는 것, 그 자체가 이미 사치입니다. 사실은 "소유는 사치다"라는 건 사회주의자들의 사치에 대한 정의(定義)입니다. 생명 유지에 필요한 칼로리만 섭취하면 됐지 왜 맛있는 디저트까지 먹어야 하느냐, 몸만 가려 체온 유지를 하면 됐지 굳이 예쁜 옷을 사 입을 필요가 있느냐, 밥 먹고 잠자고 일하면 됐지 굳이 음악을 듣거나 예쁜 그림을 볼 필요가 있느냐 — 좌파 시각에서 부자들을 비판하는 논의를 극단으로 밀고 가면 이런 이야기에 이르게 됩니다.

최　그들의 말대로라면 아무것도 할 수 있는 게 없군요.

박　그렇습니다. 오로지 먹고사는 것만 할 수 있어요. 하지만 그런 삶이 인간의 삶이라고 할 수 있을까요? 인간에게 비축에서 나오는 낭비나 사치가 없다면 그런 인생은 문화가 없는 동물적인 삶이 됩니다.

최 　저는 거기까지는 미처 생각 못 했습니다만, 그러니까 이 책은 말하자면 일종의 '사치 예찬론'이겠군요?

박 　아닌 게 아니라 제목으로 '사치를 위한 변명'도 생각해 봤습니다. 사치를 죄악시해서는 안 되고, 사치야말로 우리 인간의 아주 기본적인 욕구이고, 사치가 없다면 인간의 삶은 동물의 삶으로 떨어진다는 얘기.

최 　'사치를 위한 변명'이라…. 제가 이번 프로그램을 기획한 것도, 저뿐만 아니라 인문학적 소양이 부족해서 시대를 꿰뚫어보지 못하는 답답함을 느낄지 모르는 시청자들을 대신해, 인문학자로서 평생을 살아오고 이제는 은퇴해 책도 많이 쓰고 계시는 박정자 교수님께 질문을 좀 드리고 싶어서였어요. 시청자 여러분도 댓글창에 실시간으로 질문 주시면 제가 대신 여쭤 보겠습니다.

　그러면 도대체, 사람은 왜 사치를 하는 건가요?

박 　사치는 인간의 기본적인 욕구라고 말씀드렸죠. 우리 주위를 살펴보면 누구나 사치하고, 또 사치스러운 걸 모두들 좋아해요.

최 　맞아요. 시청자 여러분도 오늘 벌써 커피 한두 잔씩은 다 드셨을 텐데, 생존과 상관없는 커피 마시는 것도 일종의 사치지요.

박 　좋은 옷 입고 싶고, 좋은 음식도 먹고 싶고 그렇잖아요. 도대체 왜 그럴까? 모든 사회에는 언제나 상류층이 있고 그렇지 못한 층이 있죠. 상류층은 돈에 여유가 있으니까 좋은 집에서 살고 좋은 옷 입고 좋은 음식을 먹어요. 그렇지 못한 사람들은 그게 부럽고, '나도 저렇게 하고 싶다'는 생각이 들겠죠. 비슷하게 되고 싶다, 모방하고 싶다는 생각이 있는 거예요. 그래서 나도 좀 사치를 해야겠다 ─ 그런데 나는 그 사람들처럼 큰 집을 살 여유는 없죠. 하지만 그 사람이 드는 핸드백 정도는 나도 들 수 있지 않을까, 이래서 돈이 별로 없는 평범한 회사원도 분수를 다소 넘어서 명품 핸드백을 사게 됩니다. 그렇다면 사치라는 건 결국 신분 상승 욕구의 표출 아닐까, 그렇게 생각됩니다.

최 아, 인간의 욕구에서! 마침 지금 댓글창에서도 비슷한 얘기가 나오고 있군요. 청와대 김정숙 여사가 매번 해외 나가면, 다른 외국 정상들은 옷 안 갈아입고 그냥 끝까지 한 벌로 가는데, 독일의 메르켈 총리는 심지어 16년 동안 옷을 한 번도 안 사고 같은 옷만 입는다는데, 우리 김 여사가 매번 많은 옷을 갖고 가서 갈아입는 것은 주관적으로 신분이 좀 낮았던 기억이 있어서, 신분 상승의 욕구가 그렇게 나타나는 건 아닐까 ─ 이런 얘기들이 올라오고 있네요.

아무튼, 모든 인간이 기본적으로 가지고 있는 신분 상승의 욕구가 사치라는 형태로 나타나게 된다, 그래서 사치를 무조건 나쁘게만 볼 것은 아니다 ─ 이 책 권해 드립니다, 여러분. 아주 재미있습니다. 물론 명품 소비 얘기도 나오고요, 르네 지라르의 '욕망의 삼각형' 이것도 흥미로웠습니다. 그러니까 우리가 어떤 물건을 살 때, 내가 사고 싶은 걸 사는 게 아니라 다른 사람이 사는 것을 산다는 얘기인데, 이 대목에서 갑자기 뒤통수에 뭐가 와 부딪친 느낌이 더군요. 광고에서 예쁘고 잘생긴 배우가 태블릿이나 최신 기기 쓰는 걸 보면 왠지 나도 그걸 꼭 사야만 할 것 같은, 저걸 안 가지면 마치 시대에 뒤떨어진 것만 같은, 그러니까 이미 나한테 아주 좋은 제품이 있는데도 저걸 또 사야 되겠다는 생각, 여러분은 그런 경험 없으신가요? 그런 상황을 '욕망의 삼각형'으로 아주 깔끔하게 정리해 주셨어요.

박　욕망의 삼각형을 부연하자면, 우리 인간의 욕망과 그 욕망의 대상과의 관계는 이자적(二者的), 즉 나와 대상과의 직접적인 관계가 아니라, 그 사이를 어떤 제3자의 항이 매개하고 있다는 것이죠. 그 제3자가 쓰는 것을 나도 쓰고 싶은 거예요. 내가 처음부터 순전히 나의 의지로 이 물건을 쓰고 싶었던 게 아니라, 이를테면 저 여배우가 쓰기 때문에 나도 그걸 원하는 거죠.

최　그래서 광고든지 기업이든지, 그 욕망의 삼각형을 교묘하게 비집고 들어가서 물건을 파는 거군요. 시청자 여러분, 이런 식으로 오늘 우리가 살고 있는 이 시대를 꿰뚫는 책을 쓰시는 분, 박정자 교수님과 제가 앞으로 매주 금요일마다 이렇게 여러 가지 주제로 대담을 나눌 겁니다. 시청자 여러분도 실시간 댓글이나 방송 후라도 댓글로 질문이나 의견 남겨 주시면, 제가 모아서 교수님께 대신 질문 드리는 시간 갖도록 하겠습니다.

　　박정자 교수님은 저희 펜앤드마이크에 고정 칼럼도 쓰시는데, 이번 주 칼럼에 제가 또 한 번 톡 꽂히지 않았습니까. '담론'에 대한 글 말입니다. 마침 더불어민주당 고민정 의원, 저의 아나운서 후배인데, 고 의원도 담론이라는 단어를 들먹였더군요. 국민의힘 이준석 대표가 말한 능력주의를 비판하면서 갑자기 마이클 샌델 교수의 신간을 끌어들이며 "새로운 건설적인 정치 담론을 만들어 내야 한다"고 했지요. 고민정 의원이 말하는 담론이란 뭘까, 도대체 고 의원이 담론이라는 것을 제대로 이해는 하고 있는 건가 궁금했습니다. 담론, 이걸 어떻게 설명하면 좋을까요?

권력은 '관계'에서 나온다

박　무엇보다 '담론'이라는 말, 참 쓰기 편하지요. 예전에는 어떤 학자나 사상가의 말을 인용할 때 "아무개는 말하기를~", "아무개는 무슨 책에서~" 이런 식으로 말했잖아요? "우리 사회에서 사람들이 흔히 얘기하는~" 이런 식도 있고요. 그런데 이걸 그냥 '담론' 두 글자로 해 버리면 아주 편리하지요.

　담론이란 원래 포스트모더니즘 철학자 미셸 푸코가 집중적으로 설파한 개념어입니다. 구체적으로 누구의 사상, 누구의 개념, 이렇게 말할 필요 없이 그냥 '칸트의 담론', '마르크스주의 담론' 이렇게 말하면 되니까 상당히 경제적인 언어 사용이 된다고나 할까요? 요즘도 데모대가 외치는 구호, 예를 들어 '조국 수호' 뭐 이런 것을 지칭할 때 '그 시위 군중의 담론', 이러면 되는 거예요. 굉장히 편리

한 말입니다.

최　'생각'이라는 말로도 치환할 수 있을까요?

박　그렇습니다. '사유' 혹은 '사고'의 언어적 표현이죠. 그런데 언어라는 건 원래 생각을 표현하는 거잖아요. 일상적으로 하는 생각에는 '저기 창문 좀 닫았으면 좋겠다' 같은 생각도 있고, 거창하게는 '인간은 어떻게 살아야 하는가?' 같은 생각도 있어요. 정치적인 생각, 사회적인 생각도 있어요. 그중에서 그냥 일상적으로 하는 생각을 담론이라고 하지는 않습니다. 어떤 이데올로기적인 생각을 담론이라고 하지요.

최　이데올로기….

박　아니면, 어떤 학자의 어떤 개념도, 더 넓게 그 사람의 어떤 책 한 권이나 그 속의 한 구절, 나아가 그 학자의 사상 전체도 담론이라고 할 수 있어요. 사회적으로는 책이 아니라도 데모 현장에서 나오는 구호라든가, 거기 반대하는 진영 사람들의 반대 구호, 이런 것도 모두 담론입니다.

최　그렇다면 지금 현재 우리 사회에는 아주 많은 담론이 존재하는 거겠군요. 특히나 정치투쟁과 관련해서, 좌파 우파로만 나눠도 개인의 자유가 우선이냐 평등이 우선이냐, 경제로 확장하면 성장이 먼저냐 분배가 먼저냐, 이런 게 다 제각각 하나의 담론이 될 수 있다는….

박　맞습니다. 그런 게 전부 다요.

최　그래서 구체적으로 '분배 담론', 또 막연하긴 하지만 아까 언급한 고민정 의원의 '새로운 건설적인 정치 담론', 모든 게 담론이 될 수 있군요.

그렇다면, 아까 철학자 푸코 말씀을 잠깐 하셨는데, 푸코 자신은 담론을 뭐라고 설명했습니까?

박 푸코는 한마디로 '권력의 철학자'라는 점을 먼저 짚고 넘어가야겠군요. 푸코 이전, 또는 포스트모더니즘 사조 이전에는 권력을 이분법적으로 생각했어요. 그러니까 어떤 지배자, 왕이건 대통령이건 하여튼 어떤 지배자가 하나 있고, 그 밑에 피지배 계층이 있다는 식으로요. 그런데 푸코는 권력이란 온 사회를 그렇게 두 덩어리로 딱 나눠서 생각할 수 없고, 권력이라는 것이 온 세상 온 사회에 마치 모세혈관처럼 퍼져 있다고 했습니다. 권력을 지금 어느 한 사람이 갖고 있다고 해서 그가 영원히 갖고 있는 것도 아니고 언제나 유동적이다, 상하관계가 맺어져 있을 때 권력관계가 수립되는 것이지 누구 한 사람이 영원불변하게 갖고 있는 것은 아니라고 했습니다. 소위 '관계적 권력'이라는 것입니다. 관계를 맺고 있을 때만 권력은 행사되고, 관계가 끊어지면 권력도 사라진다—일상생활에서 보기를 들면, 예를 들어 무슨 서류를 하나 떼러 주민센터에 갔다고 합시다. 그런데 주민센터의 창구 공무원이 괜시리 타박을 놓는 거예요. 이거 안 해 왔잖아요, 이런 식으로. 물론 요즘 관공서에는 그런 사람이 없지만, 예전처럼 그런 경우를 당했다고 생각해 보세요.

최 소위 갑질이라는 거죠.

박 그렇죠. 바로 그 순간에 그 공무원이 권력이고, 나는 그 권력의 지배를 받는 처지가 되는 겁니다. 하지만 그때뿐, 그 관계가 일단 해소되면, 다시 말해 내가 필요한 서류를 떼 갖고 주민센터를 떠나는 그 순간부터 그 사람은 나에 대해서 아무런 권력도 아니고 아무 상관없는 사람이 되지요? 이렇듯이 모든 권력은 관계적인 권력이고, 관계가 해소되면 권력관계도 해소된다, 그러니까 온 세상의 권력은 마치 모세혈관처럼, 네트워크, 망(網)처럼 다 이어져 있다는 게 푸코의 지적입니다. 일상생활 속에 이런 마이크로(micro) 권력들이 아주 많이 있어요.

물론 정치권력처럼 덩치가 아주 큰 권력이 있어요. 한 사회나 국가 규모에서 지배계층도 엄연히 있고요. 그럼, 커다란 사회에서 그런 커다란 권력은 누가 잡느냐, 어떻게 잡느냐는 게 궁금질 수 있겠지요?

최 과거의 왕 같은….

박 그렇습니다. 그런데 과거에는 왕이 세습적으로 권력을 갖고 있었지만, 근대 이후로 넘어와서는 5년마다 대통령 선거를 한다든가 하는 식으로 언제나 권력의 자리이동이 일어납니다. 이 권력의 이동 과정에서 '담론'이 아주 중요해집니다.

그러니까 담론이란 말, 그냥 말인데, 말이란 한번 발화하고 나면 공중으로 흩어져 버리고, 종이에 인쇄됐다 하더라도 그냥 "흰 건 종이고 검은 건 글씨네" 할 뿐 그 자체가 무슨 물리적인 힘을 갖는 건 아니잖아요. 그런데 조금 더 깊이 파헤쳐 보면 그 말, '담론'이 엄청난 힘을 갖고 있습니다. 그래서 푸코는 한마디로, 담론 투쟁에서 이긴 자가 권력을 잡게 된다고 말합니다.

우리 사회를 한번 들여다볼까요? 지금 우리 사회에서 가장 강력한 담론 중 하나가, 일본과 관련해서 반일이냐 친일이냐….

최　다른 데는 없고 우리나라만 있는….

박　그렇죠? 먼저 "친일은 매우 나쁜 것이다, 왜냐하면 일본이 우리를 식민통치 했으니까" 이런 담론이 하나 있습니다. 이 담론에 의하면 한국인으로서 일제에 부역한 친일 자본가와 관료·경찰들이 청산되지 않은 채 그 후손들이 아직도 호의호식하며 살고 있다, 친일파들을 청산하지 못한 이승만·박정희와 그 후계자들은 역사 앞에 사죄해야 한다 — 이 담론은 이승만이 건국하고 박정희가 부강하게 만든 대한민국이라는 나라의 정체성을 완전히 부정하지요. 이게 현재 우리 사회에서 가장 강력한 담론 중 하나입니다.

최　어떻게 그런 생각을 하는지 받아들이기는 어렵지만, 그런 담론이 위력이 막강하지요. 반박했다가는 바로 친일파로 몰려서 온갖 소문이 달리고 난리가 나고.

박　그런가 하면 그 반대편에는 "그게 아니야, 식민통치는 벌써 70년도 더 된 옛날이야기고, 부역했다는 사람들은 진작에 다 죽었고, 또 식민통치가 나쁘다고 해서 그럼 조선시대, 대한제국이 우리가 되돌아가야 할 이상적인 나라인가" 하고 의문을 제기하는 담론이 있어요.

최　조선 말기는 엉망진창인 나라였죠.

박   조선은 번영하고 근대화된 나라와는 거리가 멀고, 오늘날 우리가 이렇게 근대화되고 부강한 나라가 될 수 있었던 바탕에는 식민지 시대에 축적된 인프라와 사람들의 의식 발전이 있다는 것 또한 부정할 수 없지요.

최   일본의 식민통치 유산이 한국이 근대화하는 데 도움이 됐다는 냉정한 평가가 있지요. '반일 종족주의' 같은.

박   반일 종족주의 담론에 찬성하지 않는 분들도 계시겠지만, 일본이 조선을 위해 그랬느냐 하는 의도와 상관없이 결과적으로 우리의 근대화에 보탬이 된 건 사실이지요.

　　이 두 개의 상반된 담론이 있는데, 지금은 이 두 가지 담론이 팽팽하게 맞서는 게 아니라 일방적으로 반일, '토착왜구' 담론이 대승을 거두고 있지요. 지인들 사이에서라도 무심결에라도 "일제시대 때 근대화가 좀 되긴 했어" 같은 말을 했다가는 큰일 나는 겁니다.

최   매장당할 수 있지요. 학교에서 교수가 그런 얘기 했다가 나중에 불이익을 당할 수도 있고요.

박   나중에 불이익 정도가 아니라, 그 자리에서 그냥 테러가 들어오는 시대가 됐어요. 반일 담론의 완승입니다. 반일 담론이 이겼다 — 그러니까 권력을 갖게 됐어요.

　　그러니 담론이 한갓 말이라서 아무런 힘이 없다고 말할 수 있나요? 아니요, 엄청난 힘이 있습니다. 그 어떤 무력보다 더 힘센 권력 쟁취 수단입니다.

최   막강한 반일 담론으로 무장한 대표적인 세력이 이른바 운동권이다, 민주화 세대다, X86이니 진보니 좌파니 하는 정치세력인데 —지금부터 그냥 '좌파'라고 부르겠습니다— 이 좌파 세력은 과거에는 권력을 비판하는 입장이었지만 지금은 자신들의 권력 그 자체가 됐잖아요? 그럼, 권력의 반대편에 서 있었을 때와 자신들이 권력이 돼 있을 때의 담론은 달라져야 하는 것 아닙니까?

박 그렇습니다. 자, 20세기 후반 내내 좌파는, 우파가 권력이고 자신들은 피지배 세력이라면서 투쟁해 왔습니다. 그런데 이제 좌파가 정권을 잡고 '기성 권력'이 되고, 우파는 권력의 주변부로 밀려나 있습니다. 우파의 담론은 사회적으로 그다지 큰 힘을 발휘하지 못하고 있어요.

최 그런데 최근의 반대 사례로, 침몰한 천안함의 최원일 전 함장과 관련해서 조상호라고, 여당의 부대변인을 지냈던 사람이 "(함장이) 자기 부하들을 수장(水葬)시켜 놓고 자기는 살아남았다"는 식으로 막말을 한 게 엄청난 역풍을 불러온 일이 있었어요. 이 사례에서는 우파 담론이 조금 우세했던 것 같아요. '수장'이라는 단어가 군 복무중 희생된 분들에 대한 모욕이기 때문에 좌우를 떠나 많은 사람이 반감을 가진 것 아닐까도 생각합니다.

박 그런 면도 있겠지만, '권력이 된 좌파' —이건 형용모순 아닐까도 생각합니다만— 가 정치를 워낙 잘못하고 있는 탓도 크지 않을까요?

최 부동산 정책이라든가 '소주성' 등등, 문재인 정권에 그동안 쌓인 반감들이 폭발할 계기를 만났다?

박 네. 그런 것들에 대한 실망과 반감이 누적되면서 사람들의 생
각도 조금씩 기울기 시작한 거라고 봅니다. 왜냐하면, 2~3년 전까
지만 해도 수장이니 자작극이니 미군 폭침이니 하는 망언들이 빗
발칠 때 거세게 항의하는 목소리가 이번처럼 크지 않았거든요.
'북한 폭침'이 진실이라서 사람들이 듣기 시작했다? 저는 그렇게
보지 않습니다. '권력이 된 좌파'의 담론의 힘이 예전처럼 막강하
지 않기 때문에, 판세가 조금 기울기 시작했기 때문에 반대 담론
이 사람들의 귀에 조금씩 들리는 거라고 봅니다.

최 그런 점도 있겠군요. 그런데 푸코는 이 '담론'을 가지고 권력까
지도 만들어 낼 수 있다고 말했다는 거죠? 그렇다면 실천적으로,
이를테면 정치에서 이 담론을 어떻게 활용하라, 이런 식의 조언도
푸코가 했습니까?

박 아쉽게도 없습니다. 사실인즉 아쉬울 것도 없는 게, 푸코는 철
학자잖아요. 권력, 특히 근대 이후 권력이 사람들을 감시하는 '규
율권력' ― 유명한 '판옵티콘(panopticon)'처럼 ― 으로 기능함으로
써 담론 투쟁에서 승기를 이어 갔다, 이런 것을 역사적으로 분석
하고 기술한 것이지, "권력을 쟁취하기 위해 담론을 어떻게 활용
하라" 이런 얘길 하는 게 철학자의 임무는 아니죠. 다만, 이 철학
자의 책에서 간접적인 교훈을 얻을 수는 있어요. 저쪽의 나쁜 권
력을 무너뜨리려면 어떻게 해야 되는가 하는 교훈이요.

진실보다 강력한 '상징적 폭력'

최　어떤 교훈인가요?

박　우파는 너무 '진실은 진실이다'라고만 생각하는 경향이 있어요. 진실은 절대적이고 영원한 것이다, 그러니까 진실을 갖고 있기만 하면 되지 그 외의 온갖 허위의 말들, 이를테면 함장이 사병을 수장시켰느니, 정보기관이 천안함을 폭침시켰느니 하는 얘기들은 진실이 아니니까 무시하면 그만이다, 이런 생각이지요. 하지만 진실과 멀뿐더러 말도 안 되는 그런 구호들을 가지고 어떤 세력이 현실에서 권력을 쟁취했잖아요? 그렇다면 우파도 진실이 중요하다고만 생각할 게 아니라, 진실이 아닌 허위라도 많은 사람들이 거리에 나가서 떠들고 강력하게 밀고 나가면, 그래서 허위를 믿는 사람들이 많아지면 허위가 권력이 된다는 것을 최소한 인정은 할 필요가 있습니다.

최　사실은 천안함뿐 아니라 세월호 때도 그랬는데, 조작설이나 공작설 같은 허위에 맞서서 진실 투쟁을 많이 했지만 다 밀려나 버렸어요. 도대체 왜 그런 일이 벌어지는 걸까요? 비극을 악용하는 사람들의 수가 많아서 그렇다고 하기에는, 사실 숫자로 따지면 그렇게 차이가 많이 나는 것도 아닐 텐데요.

박　수단을 가리느냐 가리지 않느냐 차이가 아닐까요? 대표적으로 폭력적 수단을 볼까요. 폭력엔 그저 때려부수는 물리적 폭력뿐 아니라, '상징적' 폭력도 있어요. 폭력인 줄 모르고 지나칠 수 있기 때문에 어쩌면 상징적 폭력이 더 무서울 수 있습니다. 예를 들어 탄핵사태 때 "광화문광장에 백만 명이 모였다", 이 말의 폭력성을 볼까요? 백만 명이 모일 수도 없는 공간에 백만 명이 모였다는 주장을 당시 언론들이 다 그대로 받아썼고, 많은 사람들이 이걸 믿고 탄핵의 심정적 동조 세력이 된 겁니다.

최 그다음 조국 사태 때는 10월 9일에 백만 명, 그러면서 모였는데….

박 그건 권력이 이미 다 넘어간 다음 일이었지요. 한쪽이 이미 막강한 권력을 갖고 담론을 틀어쥐고 있을 때는 다른 말을 하는 건 들리지도 않아요.

최 그렇다면 우파도 아까 고민정 의원이 얘기처럼 다른 새로운 담론, 그러니까 권력 쟁취가 아니라 대한민국을 다시 바로잡기 위해 권력을 되찾아오는 도구로서 새로운 담론을 개발해야 하는 것 아닙니까?

박 저도 마찬가지 생각입니다. 막연히 '진실이 언제나 이긴다' 이렇게 생각만 할 게 아니라, 이미지나 기호가 굉장히 중요하다는 인식을 갖고 있어야 합니다. 예를 들면 정치인이나 지식인들이 대중에 어필할 수 있는 간명한 구호를 만들어 내고 널리 퍼뜨리게 하는 것, 이런 게 굉장히 중요합니다.

최 아시다시피 구호라는 것에는 선동과 약간의 과장, 심지어 거짓이 좀 들어갈 수밖에 없을 텐데요, 그런데 우파는 항상 진실을 근본으로 하지 않습니까? 그리고 진실은 두 개일 수 없는 거고요. 이

난제는 어떻게 극복할 수 있을까요?

박 거짓말을 하자는 건 당연히 아닙니다. 예를 들어 지금 정권이 아주 전체주의적이고 개인의 자유를 완전히 말살하고 있다는 비판을 호소력 있는 간명한 구호로 만든다든가 하는 식으로 할 수 있어요.

최 "문재인 독재자!" 그러면 되는 건가요? 그건 너무 직설적인가? 좀 더 상상적인 언어를 사용해야 되는 건가요? 푸코 책에 보면 "일단 담론을 만들었으면 그 담론에 반박하는 사람들을 철저하게 배제하라"는 얘기가 있던데요?

박 말씀드렸듯이 푸코가 "권력을 잡으려면 이러이러하게 하라"고 실천적인 처방을 내린 건 아니고, 인류 역사 속 여러 형태의 권력을 인식론적으로 탐구했을 뿐입니다. 그 결과 "모든 권력은 나쁘다"라는, 다소 무정부주의적인 결론에 도달했지요. 제가 아까 거짓과 과장을 유포하는 좌파의 언어적, 상징적 폭력을 얘기했지만, 겉으로는 폭력으로 보이지 않지만 엄청난 정신적 폭력이 되는 것들이 그것 말고도 더 있어요. 방금 인용하신 '배제'의 방법입니다.

말에도 여러 종류가 있지요. 하나의 사안에 대해, 진실과 별개로 '담론'은 여러 가지가 있을 수 있습니다. 그중에는 사람들이 아예 입도 벙긋하지 못하게, 아예 발설하지 못하게 하는 그런 방법이 있습니다. 그게 '배제'입니다. 예를 들어 아까 언급한 '친일 대 반일'의 담론 투쟁에서 "그래도 일제 때 우리가 얼마큼의 근대화를 이루었다"라는 말은 발설했다간 굉장히 위험해진다는 것을 학습했잖아요? 그래서 여간해선 아무도 그 말을 못 하잖아요. 그게 바로 배제입니다. 아무 말도 하지 못하게 완전히 침묵시키는 것.

최　류석춘 교수가 위안부 관련해서 한마디 했더니….

박　바로 연구실로 쳐들어왔잖아요? 그런 식으로 아예 발설조차 못 하게, 특정 단어를 불온한 것으로 낙인찍는 등으로 발언 자체를 금기로 만들고 금지하는 것, 이게 배제입니다. 우파는 이제까지 그런 것에 취약했지요.

최　그러면 교수님께서는 궁극적으로 지금 우파가 담론 싸움에서 완전히 밀린 거라고 보고 계신건가요?

박　일단은 졌다고 봅니다. 완전히 졌어요. 그래서 권력을 빼앗겼는데, 지금 저 사람들의 그동안 너무나 많은 패악과 실책이 반전의 기회일 수 있겠다는 일말의 기대를 가져 봅니다.

최　자, 권력과 담론의 관계에서, 담론이 권력 쟁취의 무기가 되는 건 맞는 것 같고요, 그런 무기를 개발하고 구사하는 상대와 대적할 때는 진실만 가지고는 부족하다는 말씀이었습니다.

　　그런데, 폭력과 배제라는 수단은 왜 좌파의 전유물처럼 됐을까요? 우파는 그런 방법을 쓰면 안 되나요? 사람들이 진실은 다 알지 않습니까. 그리고 진실에 접근하려는 의지는 누구에게나 다 있잖아요. 그런데 진실만 갖고는 부족하다, "너희(좌파)는 거짓말쟁이야!"라고 계속 말하는 것만으로는 부족하다는 말씀을 조금 더 설명해 주실까요?

박　그러니까, 진실과 거짓이 사람들의 생각 속에서는 사실 아주 딱 부러지게 구분이 되지는 않아요. 예를 들어, 만약 "캘리포니아에 황금산이 있더라"라고 누가 말했다면 — 물론 판타지 소설에서는 말이 되겠지만요 — 일상생활의 상식으로는 말이 안 되잖아요? 하지만 그렇게 구분되지 않는 진실이 있어요. 예를 들면 세월호의 고의 침몰설 같은 거죠. 세월호를 악의적으로 자신들의 이익으로 전유(appropriat)하려는 쪽에서는 끊임없이 박근혜 청와대와 국정원이 고의로 세월호를 침몰시킨 게 세월호의 진실이라고 주장합니다. 진실을 밝히기 위해 문재인 정부의 세월호 선체조사위원회(선조위)는 네덜란드의 '마린'이라는 해양연구소에 의뢰해 2018년 8월부터 1년 넘게 조사활동을 벌였어요. 선조위의 최종 보고서 요지는 "외부 충격이 없었다"였습니다. 하지만 선조위 일부 위원들이 마린의 보고서 초안에 있던 "외력 가설은 기각됐다"라는 구절을 삭제하라고 압력을 가하면서 선조위는 둘로 쪼개졌습니다. 그 결과 "배 자체의 문제다"라는 취지의 보고서와 "외부 충격이 원인이다"라는 보고서를 따로 만드는 촌극을 빚은 채 선조위는 해산했습니다. 세월호 인양에 1,400억 원, 진상 조사에 720억 원 등 총 2천억 원 넘는 비용을 들이고도 세월호의 진실은 '아직도' 규명되지 않았습니다.

최 멀쩡히 있는 진실을 놔두고 엉뚱한 진실을 찾으려니 안 나오는 것 아닙니까?

박 바로 그겁니다. 하지만 자신들의 성에 차는 것만이 진실이라고 우기는 세력은 아직도 진실 타령을 하고 있고, 새 정부 들어서

면 어김없이 또다시 '세월호의 진실'을 꺼내들 겁니다. 만약 대통령 선거에서 저들이 이긴다면 소위 '주류 교체'에 대못을 박기 위해, 만약 진다면 보수 정권을 흠집 내기 위해 그렇게 하겠죠? 진실은 아직도 규명되지 않았다고 믿는 사람이 여전히 많은 한 진실이 당하지 못하는 거죠.

최 그런 전술을 막는 방법으로 저희 언론이 흔히 쓰는 방법 중에 '이슈는 이슈로 덮는다'라는 말이 있습니다. 예를 들어 '윤석열 X파일'이 나오면 "이재명 X파일로 덮자"는 식으로요. 말씀을 들어 보면 '진실을 하나인데'가 아니라, 사람들의 믿음에 따라 진실이 여러 가지일 수도 있겠구나 하는 비관적인 생각마저 드는군요. 자, 그래서 사람들이 진실과 허위를 구분하지 못하고, 어떤 세력이 진실이라고 주장하는 것이 사실은 진실이 아니라는 것을 밝혀내기가 어려울 때, 사람들은 '거짓 담론의 노예'가 되겠군요.

박 저는 그게 우리 사회가 정치적으로 미숙하기 때문이라고 생각합니다. 민주정치의 선진국들에서라면 대중이 그런 정도의 책략에 그렇게 호락호락 넘어가지 않거든요. 요즘은 정치 선진국들도 반드시 그렇지만은 않구나 하는 사례가 있기는 하지만요. 물론 황당한 말장난에 넘어가는 사람들이야 어느 사회든 일정 부분 있는 거지만, 한 사회의 절반이나 되는 사람들이 거기 휘둘린다면 그런 사회는 후진적인 사회라고 할 수밖에 없어요. 우리 사회가 경제적으로는 세계 10위 대국이라고 하지만, 정치적으로는 아직 멀었구나 하는 생각이 어쩔 수 없이 드는군요.

최　경제 수준과 시민의식 수준의 이런 괴리는 우리 사회가 정신적
으로 덜 성숙하다는 징표 아닐까요?

시민의식 고양할 자유·우파 담론 투쟁을

박　같은 생각입니다. 우리가 경제적으로는 풍요로워졌어도 정신
적으로는 아직도 빈곤하기 때문에 이런 현상들이 일어나고, 사람
들이 그냥 넘어가는 것이라고 생각합니다. 그러니까 사람들의 의
식이 업그레이드돼야지, 지금 수준의 정치의식, 시민의식으로는
사회가 근본적으로 업그레이드되기 어렵다고 생각합니다. 물론
단기간에 되는 일은 아닙니다.

최　서서히나마 점진적으로 대중의 의식수준을 고양할 방법은 있
을까요? 지금 이 인문학 프로그램 같은 것이 유력한 대안 중 하나
아닐까 하는데요.

박　고맙습니다. 다만, 예외 없이 모든 사람이 이성적으로 생각하
도록 만들 수는 없어요. 비이성적으로 생각하는 사람들의 비율은
어느 사회든지 어느 정도 있게 마련입니다. 그 일정 비율은 무시하
고 그렇게 생각하도록 내버려두더라도, 그래도 절반 이상, 사회를
유지해 나갈 절반 이상의 사람들은 이성적으로 생각해야죠. 우리
는 아직 그게 부족한 것 같아요.

최　정치권이나 학계에서 담론을 만들고 제시할 때, 시민의식의 평

균치를 조금씩 점진적으로 올려 나갈 수 있는 수준으로 만들고, 그렇게 '생각하고 이해하는' 사람들이 늘어나면 언젠가 바람직한 주류가 형성될 수 있을까요?

박 저는 그래서 젊은 사람들을 교육시키는 게 제일 중요하다고 생각합니다.

최 저 역시 방송인으로서 지금 젊은 사람부터 교육시키자, 그게 제일 중요한 거다, 이런 생각을 언제나 가져 왔습니다.

젊은 사람들이라면 요즘 흔히 얘기하는 MZ 세대니, 이대남 이대녀니 하는 말들이 먼저 떠오르는데, 그래서 대통령 선거가 어떻게 될지 정말 알 수가 없어요. 조금 전에, 지금 정권의 '패악과 실책'이 반전의 기회가 될 수 있다는 말씀을 잠깐 하셨는데…

박 이를테면 최저임금, 정규직화, 탈원전 같은, 그야말로 어처구니없고 말이 안 되는 이런 일들을 5년 내내 저지르고 있지 않습니까? 그리고 돈을 막 퍼 주고. 사람들이 돈 주니까 당장은 그냥 좋다고 하고, 막연히 최저임금 올려야지, 탈원전 해야지, 하고 동조하지만, 언제까지나 그렇게 생각하진 않겠지요.

최 지난 재보궐 선거, 특히 서울시장하고 부산시장 재보궐 선거 때, 젊은 층들이 엄청나게 분노하면서 박빙이던 싸움이 우파의 일방적 승리로 끝난 데서 무슨 희망적인 징조를 발견할 순 없을까요?

박 솔직히 저도 그래서 좀 희망을 갖고 있습니다.

최 그러면 조금 더 구체적으로, 우리 선배들이 젊은 층에게 메시지를 전할 때는 어떻게 해야 될까요? 어떤 담론을 어떤 방식으로

박정자,
『우리가 빵을 먹을 수 있는 건 빵집 주인의 이기심 덕분이다』(2020)

제시하면 좋겠습니까?

박　개인적으로는 바로 그런 의도에서 『우리가 빵을 먹을 수 있는 건 빵집 주인의 이기심 덕분이다』라는 책을 썼습니다. 젊은 사람들에게 개인주의, 자유주의, 시장경제의 가치를 효과적으로 가르칠 방법은 없을까, 시간이 걸리겠지만 그런 데 더 힘을 써야 한다는 생각에서요.

더 시야를 넓혀 우리 선배 세대가 함께 실천할 수 있는 것으로, 하이에크의 '노예의 길' 화두가 적당한 것 같습니다. 너희가 한 달에 돈 몇십만 원 받는 게 그렇게 좋으냐, 그렇게 해서 평생 노예로 살고 싶으냐? 평생 노예로 살겠는가, 아니면 자유인으로 살고 싶은가? 이런 데서 어떤 구호를 개발할 수 있지 않을까요?

최 젊은 사람들이 돈보다 자유를 택할 거라는 확신이 있으시군요.

박 노예로 살고 싶은 사람은 없죠. 자유가 얼마나 좋아요? 젊은 사람은 자기 마음대로 움직이는 걸 좋아하죠. 해외여행도 가고 명품도 마음대로 사고 이러는 게 좋지, 틀에 박힌 채 이것도 하면 안 돼, 저것도 안 돼, 최소한 생명 유지할 돈은 나라에서 줄게, 이런 삶은 정말 끔찍하잖아요?

최 그런 선동을 하는 사람들은 노예라고는 표현 안 하고 소위 '워라밸'이라고, "네가 일하는 것과 삶을 즐기는 것 사이에서 균형을 잡아야 돼" 이런 식으로 마일드하게 포장을 해서 내세우거든요. 노예가 되면서 그런 줄도 모르게 하는 것, 그게 진짜 무서운 것 아닙니까?

박 그 점과 관련해서, 최근에 나온 책 중에 『집이 언제나 이긴다』라고, 부동산에 관한 책이 하나 있어요.

최 에이드리언 김이 쓴—

박 맞습니다. 저자가 젊은 분인데, 책에 그런 얘기가 있어요. 저자 자신은 흙수저까지는 아니고 동수저쯤, 그러니까 잘사는 집은 아니라도 부모님한테 대학 등록금 정도는 받으면서 대학을 다녔는데, 그다음에 부동산 투자를 잘해 지금은 버젓하게 산다는 거예요. 그러면서 자기는 신분 상승을 했다, 이런 신분 상승이 가능했던 것은 내가 한국에서 태어난 덕분이다, 이런 취지로 썼더군요.

최 정반대로 한국은 신분의 사다리가 끊긴 '헬조선'이라고들 아우성치는데, 신분 상승이 가능했던 게 한국에서 태어난 덕분이다—

박　저자는 그게 자기가 문재인 정부 이전에 30대를 보냈기 때문에 가능했다고 말합니다. 심지어 스웨덴이라는 나라는 복지가 잘돼 있다고 한국의 좌파들이 그렇게 좋아하는 나라인데, 만약 저자가 스웨덴에서 태어났다면 영원히 신분 상승을 못 이루었을 거라고도 하네요. 복지가 잘돼 있다지만 대신에 세금으로 다 뜯어가고, 그래서 거의 모든 국민이 그냥 먹고살 만큼만 잘사는 스웨덴에서는 금수저로 태어난 사람은 금수저로 살고 흙수저로 태어난 사람은 흙수저로 살다 죽을 뿐, 획기적인 신분 상승은 원천적으로 불가능하다는 이야깁니다. 이런 얘기들을 젊은이들한테 들려주고 싶어요.

최　흔히들 스웨덴 하면 복지 천국이어서 일 좀 하다가 쉬고 싶을 때는 쉴 수 있고, 그래도 먹고사는 데 지장이 없는 나라라고 하잖아요. 그런데 그게 아니라, 태어나면서부터 사회계층이 고착된, 그리고 다음 세대, 내 아들딸도 그대로—

박　네, 그대로. 세습이죠. 그래서 아까 소비 이야기랑 다시 연결되는데, 좌파는 온 국민 다 편안하게 먹고살게 해 줄 것처럼 얘기하잖아요? 그런데 그게 과연 바람직한 인생일까요? 자기가 노력해서 남한테 인정도 받고, 더 잘해서 재벌도 될 수 있고, 그것까지는 아니라 하더라도 돈 좀 벌어서 사치스러운 삶도 살아 보고 싶고, 그게 아니고 "난 편안한 삶이 좋아" 하는 사람은 또 그런대로 자연 속에 들어가 소박하게 살 수도 있고 이런 사회가 좋은 거지, 똑같이 "나라가 다 먹여살려 줄게" 이런 나라는 죽어 있는 사회지 생명이 있는 사회라고 할 수가 없어요.

최   무릇 생명 있는 것들은 기본적으로 성장하고 진화하게 마련인데, 그런 게 없이 한번 정해진 유전자가 변함없이 그대로 대물림된다면 —

박   사회가 역동적이고 활기가 있어야 하는데, 복지가 지나치게 잘 돼 있는 사회는 역동성과 활기가 없어요. 딱 북한 사회가 그렇지 않습니까? 아, 북한은 그나마 국가가 주민을 먹여살려 주지도 못하고 있으니까 비교 대상도 안 되겠군요.

최   스웨덴이 그렇군요. 독일은 어떤가요? … 지금 댓글창에서 어떤 분이 독일도 그렇다고 하시는군요. 그럼, 젊은이들에게 이런 이야기를 들려주며 "이런 나라에서 살래, 저런 나라에서 살래?" 하고 묻는다면 —

박   그래도 스웨덴 같은 나라가 좋으냐고 물어보면 아마, 젊은이들 중 좋다는 사람이 단 한 사람도 없을 겁니다. 젊은 사람들한테 그걸 알려줘야 돼요. 자유가 좋으냐, 쥐꼬리만 한 돈 몇 푼 얻어먹고 그냥 워라밸이나 하면서 동물적으로 사는 게 좋으냐….

최   그게 바로 담론 투쟁이군요. 그런데 용어도 '소확행' 이런 말로 유혹하니까 젊은 사람들이 그냥 넘어가는 것 같아요. 자기들 현실은 답답하고 미래는 암담한데, 사실 그건 자기가 찍었던 그 정치인들 때문에 그렇게 된 거거든요. 젊은이들이 그 사실을 알기는 할까요? 그 부분을 파고들어서 "자유, 시장, 보수의 가치는 이런 거야. 너에게 성공을 가져다주지는 못하지만, 최소한 네가 성공할 수 있는 기회를 주는 것"이라고 말해 주면 어떨까요?

박 바로 그겁니다. 그런 담론 투쟁을 해야죠.

최 담론 투쟁이 얼마나 중요한지, 우파는 왜 담론의 주도적 담론을 빼앗겼는지 말씀 나눠 봤습니다. 다음 시간도 시청자 여러분들께서 오늘처럼 적극적으로 참여하시면서 공유하고 싶은 얘기, 또 우리 사회의 이러이러한 부분은 어떻게 해석할 수 있을지 궁금한 내용, 이런 것들 많이 올려 주시면 박정자 교수님의 지혜를 빌려서 함께 풀어 나가도록 하겠습니다.

오늘 박정자 교수님 나오셔서 책도 소개해 주시고, 또 이 시대에 절대로 물러서서는 안 되는 담론 투쟁 말씀도 들려 주셔서 잘들었습니다. 오늘 말씀 감사합니다.

박 감사합니다.

2

권력의 시선, 당신의 수술실을 엿본다

최대현　여러분 안녕하십니까. 펜앤드마이크 최대현입니다.

　　여러분, 지적 수준을 높일 준비 되셨습니까? 평생 동안 인문학을 연구하신 박정자 교수님의 말씀을 글로만 접하다가 이렇게 직접 듣고 말씀도 나눌 수 있다는 게 저는 너무 기뻐서 지난 일주일 동안 금요일이 너무너무 기다려졌습니다. 시청자 여러분도 그런 글들을 많이 올려 주셨더군요.

　　오늘은 어떤 말씀을 부탁드릴까 고민하던 중, '권력과 시선' 문제에 눈길이 닿았습니다. 한창 크게 논란이 된 이슈 중 '수술실에 CCTV를 설치할 것인가 말 것인가'가 있지 않습니까? 여론조사에서는 국민의 98퍼센트가 수술실에 CCTV를 설치하는 데 찬성한다고 했고, 그러자 이재명 경기도지사가 재빨리 나서서 "CCTV 반대해선 안 된다" 하고 나왔죠. 하지만 의사협회(의협)에서는 CCTV

를 설치하는 게 오히려 환자의 건강권, 그리고 환자의 인권을 침해하는 것이라며 반대했지요. 우리나라 의사 단체뿐 아니라 세계의 사회에서도 수술실에 CCTV를 설치하는 건 매우 우려스러운 일이라고 우려를 표명했습니다.

양측의 주장이 첨예하게 대립하는 이런 얘기는 왜 나왔을까요? 돈 버는 데만 혈안이 된 의사들이 자기 이름 보고 찾아온 환자를 다른 의사한테 대리수술을 시킨 일이 있었지요. 수술중에 딴짓이나 못된 짓 하는 의사, 간호사 사례들도 있었고요. 그래서 의사가 수술을 제대로 하는지, 정말 자기가 하는지, 또 각종 의료사고를 예방하기 위해서 CCTV를 달아야 한다는 주장입니다.

그런데 저는 이런 생각도 해 봅니다. 다른 사람 아닌 내가, 또는 내 가족이 수술대에 누워 있는데 그 장면을 CCTV로 찍어 놓는다면? 최악의 경우 그게 만약 바깥에 유출이라도 된다면? 그런 걱정도 덜컥 드는데요. 의협에서 반대하는 이유 중엔 그런 것도 있는 것도 알고 있습니다.

인문학자의 눈으로는 이런 문제를 어떻게 볼까—오늘도 박정자 교수님 모시고, 이 말씀을 실마리로 말씀 나누도록 하겠습니다. 박정자 교수님 안녕하세요.

박정자　안녕하세요

최　제 서론이 너무 길었습니다만, 교수님, 이런 문제를 어떻게 봐야 할까요?

박　우선 저는 무슨 이론 같은 것 다 그만두고, 개인적으로 반대입니다. 제가 CCTV라는 것 자체에 대해서 거부감을 갖고 있긴 하지만, 그래도 공공의 안전을 위해 필요하니까 거기까지는 동의하고, 하지만 저나 저희 가족이이 수술받는 장면을 동영상으로 찍어 두는 데는 절대 반대입니다. 지금 수술실 CCTV 말씀하시는 분들 혹시, 의료진만 떠올리면서 남의 일이라고 생각하고 거기 누워 있는 게 자기 자신이라 해도 선뜻 찬성하실지 궁금하네요.

최 '나의 일'이라고 할 때 생각은 저와 같으시군요. 자 그럼, CCTV 같은 걸 다룬 인문학 이론에는 어떤 게 있을까요?

박 이미 익히들 알고 계실 '판옵티콘(panopticon)'이 어떨까요? 라틴어로 판(pan)은 '전체', 옵티콘(opticon)은 '본다'는 말입니다. 그러니까 판옵티콘은 '전체를 바라본다', '한 시점에서 모든 걸 다 본다'는 뜻입니다. 우리말로 '일목요연(一目瞭然)'쯤 될까요?

최 아하, 일목요연! 그야말로 판옵티콘이 일목요연하게 딱 와닿네요.

박 한 곳에서 전체를 그냥 다 파악한다, 바로 현대 '감시 사회'와 직결되지요? 이 판옵티콘을 처음 말한 사람은 제러미 벤담입니다.

최 '최대 다수의 최대 행복' ─

박 그렇습니다. 공리주의(功利主義, Utilitarianism) 사상가로 배우지요? 1800년 전후, 그러니까 약 200년 전에 활동한 영국의 정치사상가인데, 그 벤담이 새로운 형태의 감옥을 구상하고는 설계도와 함께 책자로 냈어요.

최 사상가가 감옥 설계까지?

감시는 권력이다

박   그 감옥을 실제로 영국에 지어야겠다는 일념으로 정부와 협의도 하면서 한 20년간 열심히 연구했는데, 결국 영국 정부가 안 하기로 결정해서 벤담의 판옵티콘 구상은 실현되지는 않았습니다. 하지만 '소수가 다수를 감시한다', '한 사람이 일목요연하게 모든 것을 다 감시한다'는 판옵티콘의 기본 아이디어는 이후 거의 모든 공공건물, 이를테면 병원, 학교, 감옥, 군대의 병영 같은 데로 전부 확산됐습니다.

     후세 학자들은 이 위대한 정치사상가가 왜 그런 하찮은 감옥 설계도에 그렇게 목을 맸는가 의아하게 생각했고, 여하튼 대수롭지 않은 한 번의 해프닝이라고만 생각했습니다. 그래서 학자들의 아무런 관심도 끌지 못했는데, 한 200년 후인 1975년에 프랑스 철학자 미셸 푸코가 『감시와 처벌』이라는 책에서 "근대 이후의 권력은 감시에 기반한 규율 권력이다"라고 하면서, 그 '규율 권력'의 기본 이념이 바로 판옵티콘이라고 집중적으로 조명을 했습니다. 그렇게 해서 거의 200년 만에 판옵티콘이 다시 살아났습니다.

     그러면 도대체 벤담의 판옵티콘이란 어떤 것이었을까―여기 그림을 같이 보시죠.

최   무릎 꿇은 사람이 하나 있고… 그러니까 이게 감옥이군요.

박   네, 감옥의 설계도입니다. 말씀드렸듯 물론 실현되지는 않았지만요.

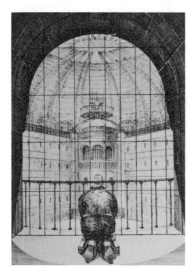

판옵티콘

　　벤담의 감옥도는 전부 스케치로만 남아 있어요. 예를 들어서 설명을 해 보면, 반지 모양의 한 6층짜리 원형 건물이 있다고 생각해 보세요. 그 6층의 원형 건물을 다 칸칸이 나눠서 하나하나 독방을 만듭니다. 가운데는 완전히 비어 있는 안마당이고, 그 안마당 한중간에 감시탑을 둡니다. 높이 우뚝 선 감시탑 안에서는 간수가 몸을 한 번만 돌리면 죄수들을 전부 파악할 수 있겠지요. 하나하나의 독방에 칸칸이 갇힌 죄수들을 말이에요.

최　　그러니까 그림 저 가운데 앉아 있는 사람이 간수이군요. 제가 지금 앉아 있는 이 회전의자처럼 이렇게 한번 빙글 돌기만 하면….

박　　회전의자에 앉아 있을 수도 있고, 탑 안쪽 둘레를 360도로 한번 빙 돌아 걸어가기만 하면 죄수들을 한눈에 파악할 수 있지요.

일목요연하게.

　　벤담은 이런 식의 건물이 감옥뿐만 아니라 학교건 병영이건 하여튼 소수가 다수를 감시해야 할 할 필요가 있는 모든 건물에 유용하다고 말했습니다. 그리고 그 후 실제로 거의 모든 공공건물이 그 비슷하게 지어졌습니다.

최　　벤담 자신은 실현하지 못했지만, 교도소 같은 건물들이 그 후로 다 이런 식으로 지어진 거군요.

박　　딱 그렇게 원형 건물까지는 아니라 해도, 중앙에 감시탑이 있고 거기서 일목요연하게 감시할 수 있는 유형의 건물들이 다 같은 아이디어입니다. 감옥, 병영, 그리고 학교 건물도 사실 복도 하나만 주욱 지나며 보면 칸칸이 이어진 교실에서 학생들이 어떻게 공부하나, 교사는 제대로 가르치나를 교장선생님이 한눈에 다 볼 수 있잖아요? 그러니까 원형 건물이 아니더라도 한 사람이 손쉽게 여러 사람을 감시하는 체제, 그게 바로 판옵티콘입니다.

　　그런데 벤담이 공리주의자라고 했잖아요? 여기서 벤담의 공리주의―'공공의 이익'이라는 공리(公利)가 아니고 '유틸리티'라는 의미의 공리(功利)인데―를 한번 살펴볼까요. 공리주의란 한마디로 인간의 모든 행동은 쓸모, 유틸리티가 있어야 된다는 철학사상입니다. 어쩌면 실용주의라고 하는 게 더 맞는 말일 텐데, 그러면 뭐에 쓸모가 있느냐―인간의 '행복 증진'에 쓸모가 있어야 한다는 겁니다. 유명한 '최대 다수의 최대 행복'이죠. 예를 들어 국회의원이라면 가장 많은 사람들의 행복을 증진하는 쪽으로 입법 활동을 해야 된다는 식입니다. 그런데 그런 공리주의를 주장한 사상가가 감옥 설계도는 왜 만들었을까? 이것 역시 죄수들의 교화, 그리고 사회 일반인들의 안녕과 행복 증진이 목적이었습니다.

그러면 후에 푸코가 판옵티콘을 끌어들이면서 "근대 이후의 모든 권력은 감시 권력"이라고 했을 때, 도대체 왜 감시와 권력을 등치했을까를 생각해 볼까요. 자, 권력이란 타인의 행동을 좌지우지하고, 타인을 통제하는 힘이지요. 그런 힘을 누가 갖느냐? 왕조 시대에는 왕이, 근대 민주주의 사회에서는 권력을 위임받은 대통령이나 총리 같은 정치인들이 갖지요. 권력이란 결국 '지배자 대 피지배자'의 관계를 전제로 하는데, 그 권력을 타인에게 행사하려면 그 사람을 통제해야 되고, 통제를 하려면 우선 그 사람을 속속들이 알아야겠지요. 그래서 지금 무슨 잘못된 일을 하면 "그러지 말아라" 하고 경고하고 통제할 수 있고, 잘하면 상을 줄 수 있고. 이렇게 상대방을 속속들이 알려면 우선 그를 '봐야' 되고요. 본다는 것, 그게 바로 감시 아닙니까? 그러니까 감시가 곧 권력입니다.

최 권력은 들여다보고자 하는 속성이 있지요. 회사 사장님만 해도 직원들이 어떻게 일하는지 다 속속들이 들여다보고 싶고….

박 그러니까 권력자란 피지배자를 보는 자인데, 문제는 만약 내가 저쪽을 볼 때 저쪽도 나를 볼 수 있다면….

최 그건 감시가 아니겠군요. 저쪽도 노출되지만 이쪽도 온갖 빈틈까지 다 노출될 테니까요. 감시라고 하려면, 나는 노출되지 말고 일방적으로 보기만 할 수 있는 방법이 필요하겠네요.

박 그렇습니다. 시선이 상호적이면 아무 힘이 없어요. 힘이 있으려면 나는 보이지 않고, 내가 본다는 사실도 보이지 않고, 나만 일방적으로 몰래 저쪽을 볼 수 있어야 됩니다. 이게 '시선의 비대칭성'입니다. 나는 저쪽을 보고 저쪽은 나를 보고 하던 그 상호성을 단절시켜 완전히 비대칭적인 관계를 만들 때 비로소 권력은 작동합니다. 바로 판옵티콘의 상태죠. 감옥 한중간의 감시탑에서 간수는 죄수들을 한눈에 다 보지만, 죄수들은 간수를 볼 수가 없도록. 왜냐하면, 감시탑의 창문들이 360도 방향으로 다 뚫려 있어도 거기는 전부 발(簾)이 쳐져 있거나….

최 이쪽에서는 유리창인데 저쪽에서는 거울인 것처럼요.

박 그때는 그 기술이 아마 없었나 봐요. 요즘 말로 블라인드라고 하면 될까요, 가느다란 대쪽이나 갈대 줄기를 죽 이어 문 앞에 걸어 놓으면 시선은 차단되고 바람은 통과하는, 이런 발이나 아니면 격자 모양의 철제 가리개로 가려 놓으면, 안에서는 밖을 볼 수 있지만 죄수들에게는 그 안이 들여다보이지 않게요. 왜냐하면, 죄수들이 있는 독방은 외부 벽면 쪽은 창문이고 안마당 쪽으로 문이나 있어서 감시탑의 간수는 방들을 훤히 들여다볼 수 있어요. 이렇게 간수는 죄수를 보는데 죄수는 간수를 볼 수 없는 시선의 비대칭성이 실현됩니다.

이 '시선의 비대칭성'에서 나아가 '권력의 자동성'을 끌어낼 수 있습니다. 죄수는 어느 시점에 간수가 자리에 있는지 없는지 알 수가 없어요. 간수가 그 자리에 있는 것을 죄수는 언젠가 한번 봤어요. 지금 간수가 있는지 없는지 확인할 수는 없지만 하여튼 그때 있었으니까 지금도 있을 거다, 하고 생각하고 언제나 행동을 조심하려고 하겠죠. 그러면 이제 간수는 항상 그 자리에 있을 필요조차 없어집니다.

최　거기 앉아 자신들을 감시한다는 걸 한두 번만 각인시켜 주면 죄수들은 간수가 으레 언제나 있거니 하고 스스로 단속하게 된다는 말씀이군요. 그리고 보면 오늘 맨 처음 얘기한 CCTV가 바로 현대판 판옵티콘이라고 할 수 있겠네요.

박　그렇습니다. CCTV에서도 '권력의 자동성'이 그대로 작동합니다. 〈다빈치 코드〉라는 영화가 있었지요? 영화에도 그 말이 나오지만 원작 소설에 보면, 첫 부분이 루브르 박물관에서 추격하고 달려가는 장면인데, 이런 말이 나옵니다. "루브르 박물관에 있는 CCTV가 전부 작동하는 건 아니다, 드문드문 작동한다"고요. 그러니까 CCTV가 촘촘히 설치돼서 다 작동하는 것처럼 보이지만, 사실은 돈을 들여 그걸 다 작동시킬 필요가 없다는 거죠. 사람들은 그게 다 작동하는 줄 알고 그 아래서는 행동을 조심하게 될 테니까요.

최　지금 말씀 들으니까 과속 단속 카메라가 딱 떠오르는군요. 몇 년 전에 경찰 고위 간부가 국회에서 시인하고 사과해서 사실로 드러났습니다만, 카메라 모양만 갖췄을 뿐 실제로 작동하지는 않는 가짜 스피드건이 많이 있었다는 거예요. 경찰은 "어쨌든 국민을 속인 것이라 죄송하게 됐다"고 사과했지만, 운전하는 사람들은

박정자,
『시선은 권력이다』(2008)

지금도 저게 다 진짜는 아닐 거야 하는 불신이 남아 있어요. 그렇게 의심하는 사람들도 막상 카메라 보이면 무조건 브레이크 밟고 보거든요.

박 바로 그게, 감시하는 권력의 '자동성'이 피지배자의 의식에 각인된 결과입니다. 한번 각인만 시켜 놓으면 그다음에는 감시하는 사람이 있건 없건 시선은 언제나 작동된다 ― 그러니까 사실은 감시하는 사람이 중요한 게 아니에요. 이를테면 정보기관의 장이 어떤 사람이 되건 상관없이, 감시 체제는 자동으로 작동합니다.

최 무서운 이야기군요. 이 판옵티콘 그림처럼 저렇게 딱 모니터실에 앉아서 보기만 하면, 그리고 사람들은 누가 앉아 있는지, 정말로 앉아 있거나 한 건지조차 모르면서, 그 상태에서 감시하는 사람은 모두를 감시하고.

박　사람이 앉아 있는지 안 앉아 있는지, 모니터 화면이 정말 뜨기나 하는지도 모르면서요. 작동하지 않는 CCTV도 걸어 놓기만 하면 ─ 소설 속 얘깁니다만.

지금까지 감시가, 그러니까 시선이 권력이다, 하는 내용 소개해 드렸고요, 다음은 '빛과 권력'입니다.

시선이 권력이고, 시선이란 본다는 것인데, 여기서 빛이 중요합니다. 빛이 없어 캄캄하면 아무것도 볼 수가 없지요.

최　빛도 권력이다 ─

박　네, 그것도 아주 엄청난. 〈몽테크리스토 백작〉이라는 영화를 떠올려 볼까요? 주인공 에드몽 단테스가 갇혀 있던 감옥은 캄캄한 지하 감옥이었어요. 죽기 전에는 나올 수 없는 감옥에 갇혀 있는데 거기서 탈옥을 하지요. 날카로운 사기 조각으로 벽을 긁어 다른 방의 수감자인 파리아 신부를 만나고, 두 사람이 함께 15개월 동안 옆으로 굴을 파서 마침내 탈옥하기로 한 바로 전날 파리아 신부가 죽고, 에드몽은 시체를 바꿔치기해 탈옥합니다. 자루째 벼랑 아래 바다로 던져진 후, 미리 준비해 둔 단도로 자루를 가르고 밖으로 나와 헤엄쳐 육지로 도망친 겁니다. 그런데 에드몽이 탈옥할 수 있었던 것은 사실, 감옥이 캄캄했기 때문에 가능했습니다.

소설 당시는 왕조시대입니다. 근대 이전인 그 시대는 감시의 권력이 아니고 그냥 폭력으로 내리누르는 시대였어요. 감시 이런 거 필요없고 그냥 폭력으로 내리누르는 시대의 감옥은 캄캄하게 마련이었습니다. 그런데 18~19세기 근대로 접어들며 감옥은 더 이상 에드몽이 있던 곳 같은 캄캄한 지하 감옥이 아니라 아주 밝은, 벤담이 구상했듯이 밝은 지상의 감옥으로 변했습니다. 사법사(司法史) 학자들은 인권 사상이 확대되고 인류애가 확산되었기 때문에 그런 변화가 일어났다고 하지만, 푸코는 그게 아니라는 겁니다.

최 감옥이 밝아진 게 죄수의 인권을 고려해서가 아니라고요?

박 네. 사실은 권력의 형태가 달라져서 그런 거라고 푸코는 말합니다. 과거의 권력은 폭력으로 내리누르기만 하면 됐지만, 근대 이후의 권력은 차분하게 사람들을 지배하는 권력이 됐습니다. 과거의 권력이 시끄럽고 폭력적인 권력이었다면, 근대의 권력은 차분합니다.

최 지배하기는 마찬가지인데 방법이 달라진 거군요.

박 방법이 달라지고, 그것도 더 교묘하게 된 거죠. 그래서 도입된 게 밝은 감옥입니다. 밝다는 건 뭐냐, 아까 시선을 얘기했지만, 빛은 감시를 용이하게 해 주잖아요. 밝아야 뭘 하고 있는지 다 볼 수 있으니까. 그래서 더 철저하게 감시를 할 수 있게 됐습니다. 그래서 빛이 곧 권력이라는 겁니다. 좋은 예로, 1970년대에 뉴욕시 전체가 정전이 된 일이 있어요. 이후로도 이따금씩 그런 사고가 일어나긴 합니다만, 아무튼 1970년대 그때 처음으로 도시 전체가 불이 나가니까 갑자기 폭력, 약탈 등 엄청난 무정부 상태가 빚어졌어요. 그냥 정전이 됐을 뿐인데. 전기가 끊어져서 어두워졌을 뿐인데, 여느 때와 달라진 거라곤 그것 하나뿐인데, 거짓말같이 '권력'이 해체된 겁니다. 경찰이 완전히 무력해지고, 도시 전체에서 약탈과 방화가 자행됐습니다.

최 빛이 사라지니 공권력도 사라져 버렸다 —

박 그겁니다. 빛과 시선, 이것이 바로 권력입니다. 빛이 권력이라는 걸 자기 체험으로 말해 준 작가가 있습니다. 2008년쯤일 텐데, 김주영 작가가 동아일보에 기고한 얘깁니다. 1953년, 작가가 열네 살 때 시골집에 처음으로 전기가 들어왔다네요. 그전에는 촛불만 켜고 어둑하게 살다가 처음으로 들어온 전깃불을 보고는 굉장히 놀랐대요, 아주 밝아서. 그렇게 환히 온 방을 다 비추는 걸 보고 놀라면서 내심 두려웠다고 합니다. 이 빛이 구석구석을 샅샅이 뒤져서 부정이나 모함 같은 온갖 어두운 것들을 다 낱낱이 색출해서 우리한테 보여 줄 것만 같은 두려움….

최 그걸 두려움으로 느꼈다고요! 열네 살에!

박 내가 노출되고 나의 약점이 다 낱낱이 보이지 않을까 하는 두려움이겠죠. 작가가 느꼈다는 노출의 모멸감과 두려움은 말 그대로 푸코의 빛-권력 이론의 예시 같습니다.

김주영 작가는 빛에서 두려움을 느꼈다고 했는데, 사실 우리도 시선에 대해서 굉장한 두려움을 느끼고 있습니다. 우리는 누구나 눈을 가지고 있고 누구나 자기 눈, 자기 시선으로 딴 사람들을 바라보잖아요?

최 그렇지요. 또 딴 사람도 나를 바라보겠지요.

박 그렇게 보통의 일상 모든 게 다 보는 행위입니다. 그런데 사실은 그 시선이 부담스럽다고 느껴질 때가 있잖아요. 남이 나를 보는 시선 속에서 나의 온갖 약점들이 다 드러날지도 모른다는, 그런 게 싫은 거죠. 기독교의 구약성경에도 그런 '시선의 두려움'이 나옵니다. 「출애굽기」에 보면 여호와는 불타는 떨기나무 뒤에 숨어서 모세를 보고 있어요. 불타면서 타 버리지 않는 떨기나무가 신기해서 모세가 다가가려고 하니까 여호와는 모습을 보이지 않으면서 목소리로만 "가까이 오지 말라. 네가 선 곳은 거룩한 땅이니 네 발에서 신을 벗으라"(「출애굽기」 3장 5절). 신은 이렇게 자신의 모습은 드러내지 않으면서 언제나 어디서나 인간을 보고 있어요.

최　비슷한 대목이 「창세기」에도 있지요. 여호와가 아브라함에게, 백 살에 낳은 외아들 이삭을 번제로 바치라고 하지요. 명령대로 아브라함이 칼로 이삭을 잡으려고 하는 순간 여호와의 목소리가 들립니다. "그 아이에게 네 손을 대지 말라. 그에게 아무 일도 하지 말라"(「창세기」 22장 12절).

박　성경의 이런 얘기들에서 푸코의 관심은 바로 신(神)의 '편재적(遍在的, omnipresent)' 시선입니다. 우리 눈에는 보이지 않지만 세상 도처에 고루 다 퍼져 있는 신의 시선. 구약성경에 이 구절이 있다는 게 의미심장합니다. 시선에 대한 두려움은 인간의 아주 원초적인 두려움이라는 것을 말해 주는 거니까요.

최　우리를 언제나 보고 있는 게 과거에는 신이었지만 지금은 CCTV가 그 역할을 하고 있지요.

박　그리고 CCTV를 단다는 건 그 자체가 인간에 대한 폭력입니다. 그래서 저는 처음에도 말씀드렸듯이 개인적으로 CCTV를 좋아하지 않고, 다만 그런 두려움이나 불쾌감을 상쇄할 어떤 이점, 그러니까 또 다른 폭력으로부터의 위험을 좀 줄여 주는 것 같은 이점이 있으니까 할 수 없이 동의하고 감내할 뿐이지, 감시 자체가 좋은 건 아니잖아요.

최　그러니까 감시는 최소화할수록 좋다, 이런 취지의 말씀이군요.

사실은 현대사회에서는 공권력의 CCTV뿐만 아니라 구글 같은 플랫폼 권력도 우리를 감시하고 있어요. 우리가 유튜브를 본다고 하지만, 내가 유튜브를 볼 때 사실은 구글도 나를 보고 있어요. 그래서 유튜브에 접속하면 구글이 나의 이력을 가지고 취향을 파악해서 추천 채널을 붙여 주고… 이런 걸 편하다, 신기하다고 하는 분들도 있지만 곰곰 생각하면 무서운 일 아닙니까? 나는 저쪽에 대해 막연히밖에 갖고 있는 정보가 없는데, 저쪽은 나를 속속들이 알고 있다—

박　바로 '감시하는 권력'이지요. 근대 이후의.

감시가 권력이고 빛이 권력이라고 했는데, 그렇다면 권력이란 무엇인가, 푸코의 설명을 좀 더 들여다볼까요.

최　아까 권력은 힘이라고 하셨지요. 누군가를 통제하고 지배할 수 있는 힘.

'앎-권력'부터 '생체권력'까지

박　통제하고 지배하는 권력을 공권력으로 좁혀서 보면, 공권력에는 사법 또는 형벌 기능이 있지요. 형벌의 역사를 살펴보면 근대 이전, 즉 왕이 지배하던 고전주의 시대에는 공개 처형 제도가 있었습니다. 아주 나쁜 죄를 저지른 범죄인을 도시의 중앙 광장에 만들어 놓은 높은 대 위에 끌어다 놓고 우선 아주 잔인한 고문부터 가합니다. 1757년 파리 대성당 정문 앞에서 벌어진 대역죄인 다미앵의 고문 장면을 예로 들어 보죠. 루이 15세 왕의 시종이었던 다미앵은 왕의 의무를 일깨우기 위해 칼끝으로 왕의 어깨를 살짝 친 죄로 공개 처형됐습니다. 처형대 위에서 다미앵의 가슴, 팔, 넓적다리, 종아리 등을 벌겋게 달군 집게로 지지고, 왕을 살짝 친 그 칼을 들었던 오른손은 유황불에 태우고, 살점이 찢겨 나간 신체 부위들에 끓는 기름, 불붙은 송진, 유황과 밀랍의 혼합물을 뿌렸습니다. 이어서 그의 사지를 네 마리 말에 묶어 거열형(車裂刑)에 처했습니다. 그런데 말들이 그의 몸을 제대로 네 방향으로 끌고 가 찢지 못하자 사형 집행자들이 결국 칼로 다미앵의 몸을 잘라 내야만 했습니다. 며칠 동안이나 고문을 하다가 마지막에 죽이는 잔인한 형벌 제도였지요. 온 시민들이 다 모여서 구경하는 떠들썩한 축제이기도 했습니다.

　그런데, 그토록 폭력적이고 비용이 많이 드는 형벌이라는 권력 행사가 18~19세기 이후에 거짓말같이 사라져 버립니다. 생각해 보세요, 이제는 공개 처형이라는 건 없잖아요? 공개 처형은커녕 죄수를 잘 보여 주지도 않잖아요. 호송할 때도 기자들 앞을 지날 때는 얼굴을 가리고….

최 북한 같은 데는 아직도 공개 처형이 남아 있습니다만. 아무튼, 범죄인이나 수형자를 공개하지 않는 건 사형수에게도 인권이 있어서 그런 거겠죠?

박 그렇게 단순하지 않아요. 아까, 감옥이 밝아진 게 수형자 인권을 위해서가 아니라 '감시'를 위해서라고 했잖아요? 그게 왕조시대 권력과 근대 이후 권력의 차이라고 했는데, 지금 우리가 사는 현대사회는 바로 이 근대 이후의 권력이 작동하는 사회입니다. 그게 어떤 모습인지 한번 생각해 보죠.

푸코는 근대 이후 현대까지 이어지고 있는 권력을 '규율 권력'이라고 했습니다. 규율, 영어로는 discipline인데, 우리가 고등학교 때까지는 복장, 두발, 수업 태도나 자세까지 세세한 규율이 있었잖아요? 규칙을 정해 놓고 그 규칙대로 행동하게 하고, 그렇게 안 하면 처벌하는 주체는 권력이지요. 그 규율 권력을 작동시키는 데 가장 중요한 것은 물론 감시, 시선입니다. 그것도 비대칭적인 시선이 필요하지요. 그다음에 중요한 것이 '앎'입니다. 학문적인 지식이건 단순히 정보를 습득하는 것이건, 여하튼 뭔가를 알고 있는 상태를 저는 『시선과 권력』에서 '앎'이라고 번역했어요.

최 knowledge와 information을 합친 거라고 이해하면 되겠군요.

박 그렇습니다. 다른 사람을 지배하려면 인간 보편에 대한 '지식'

도 필요하고, 개별 상대방에 대한 '정보'도 필요하지요. 권력이 작동하려면, 그러니까 어떤 권력자가 저쪽 상대방을 통제하려면 그 사람을 감시도 물론 해야 되지만, 그 사람의 성향은 어떠하고 교육 수준은 어느 정도이며 보통 때는 어떻게 행동하는지, 성격은 어떠한지 이런 걸 전부 잘 알아야 합니다. 더 나아가 인간이라는 도대체 무엇인가, 인간의 마음속이란 건 어떻게 생겼는가도 알고 싶죠. 그래서 심리학이 나오고 정신분석학이 나옵니다. '규율 권력'이 새로운 권력 형태로 대두하기 시작한 근대 이후에 인간에 대한 이런 학문들이 발달하기 시작했다는 것이 의미심장합니다. 인간을 통제하려면 인간 심리의 어떤 상태, 어떤 기제를 이용해야 할까, 하는 권력의 필요에서 이런 학문들이 시작된 것이라고 푸코는 말합니다. 그게 학문적 앎이고, 한 사람의 일상생활에 대한 앎은 정보라고 할 수 있죠. 그래서 지식과 정보를 합쳐서 '앎'이라고 한 겁니다.

그런데 권력을 행사할 때 인간에 대한 앎, 즉 지식과 정보가 굉장히 중요합니다. 계몽주의 철학자들은 한갓 학문적 관심에서 인간에 대해 연구했지만, 푸코가 보기에 그것은 바로 권력의 행사를 용이하게 하기 위한 것이었습니다. 즉 앎이라는 것, 다시 말해 모든 정보와 학문은 결국 권력을 추구하는 방편이라는 말입니다. 권력을 행사하기 위해 앎이 생겼고, 권력 행사 수단으로 규율이라는 방식을 채택했다─그러니까 모든 앎은 권력의 테크닉이다.

최 사실 정보의 무서움은 우리가 다 너무나 잘 알고 있기도 하지요. 가끔 매스컴을 타는, 잘나가던 고위 엘리트 관료가 무슨 스캔들, 돈 문제 같은 걸로…. 당장 이재명 대통령후보도 과거에 형하고 형수한테 한 막말 때문에 두고두고, 지금까지 곤욕을 치르고 있지 않습니까.

박 이런 약점들을 남들이 모르는 동안은 그 사람은 당당할 수 있죠. 하지만 남들이 알게 되면 바로 그 정보를 가진 사람이 권력을 갖는 것이고, 약점이 탄로난 사람은 그 권력의 통제를 받게 되는 것이죠. 그렇게 정보는 권력의 도구가 됩니다. 특히 공권력과 관련해서는 정보가 권력의 도구라는 걸 누구나 쉽게 이해하지만, 인간에 대한 학문적 지식이 권력과 직결돼 있다는 것은 낯설어 하는 사람이 많습니다. 심리학, 정신분석학 이런 게 전부 19세기 이후에 생겨난 것들인데, 푸코는 이게 다 인간을 통제하기 위한 권력의 수단으로서 발달한 것이라고 합니다.

최 Knowledge is power, 아는 것이 힘이군요. knowledge뿐만 아니라 이제 information도요. 아무튼 앎이 힘이고 권력이다—

박 '아는 것이 힘이다' 그 말을 베이컨이 했다고도 하고 홉스가 했다고도 하는데, 둘 다 17세기에 활발하게 활동한 철학자들이지만 아무튼 근대를 연 사람들입니다. 우리나라도 1930년대에 문맹률이 굉장히 높았을 때, 언론사들이 문자 보급 운동을 하면서 '아는 것이 힘이다, 배워야 산다'라는 구호를 내세웠습니다. 아마 1970년대까지도 유행했을 '아는 것이 힘이다'라는 구호의 의미는 '공부를 해야만 더 인간다운 삶을 살고 사회적으로 더 성공한다'는 뜻이었죠. 푸코는 이 '아는 것이 힘이다'라는 말의 '힘'을 '권력'으로 봅니다. 내가 상대방에 대해서 안다는 것, 상대방에 대한 정보를 갖고 있다는 것, 나아가 인간 일반에 대한 지식을 갖고 있다는 것이 곧 권력을 안겨 주는 것이라고 말합니다.

최 그런데 그 당시에 이렇게 '아는 것이 힘이다'라고 하면서 사람들이 열심히 공부하고, 그러면서 또 뭔가 기록을 남기기 시작하지 않았습니까? 그런데 기록을 남기면 그걸 누군가가 보게 되고… 그러니까 이를테면 CCTV를 찍어서 저장을 해 놓으면 누군가 그걸 보게 될 텐데, 이런 건 어떻게 볼 수 있을까요?

박 기록도 또한 권력 행사와 밀접한 관계가 있지요. 19세기 이후의 근대 권력은 기록을 굉장히 중시했어요. 사실 지금 보면 학생부, 생기부라고도 하는데, 학생들의 온갖 행동을 다 기록하잖아요? 시험 성적 같은 기록이야 이미 역사가 오래지만, 요즘에는 대학 교수도 연구실적이나 학생들의 강의 평가를 계량화한 수치로 등급이 정해지고, 그 평가 자료가 한국연구재단이나 대학이 교수를 관리하는 수단이 되고 있습니다. 일반 회사에서는 사원들의 모든 정보를 기록으로 갖고 있는 인사과가 생산활동을 하는 부서도 아니면서 막강한 힘을 갖고 있습니다. 기록의 권력화를 보여 주는 좋은 예라고 할 수 있습니다. 물론 교도소에서는 수감자들의 인적사항을, 병원에서는 환자들의 상태를 차트에다 다 기록하고 있고요. 모든 게 기록이에요. 기록은 기록된 사람의 안녕을 위해서라고 하지만, 사실은 그것도 권력 행사라는 게 푸코의 생각입니다.

기록은 권력 행사를 용이하게 해 주는 겁니다.

최 그렇다고 기록을 못 남기게 하면 또 너무 또 불편해지겠고요.

박 학생들의 사생활 보호니, 개인의 인격 침해니 하면서 과거에 학교의 기록 정보화 작업이나 교사 평가를 반대하던 전교조 교사들의 주장에 동의할 수는 없습니다. 교육부와 자치단체 교육청들을 좌파가 장악하고 나니까 기록이나 정보화에 반대하던 목소리가 쏙 들어간 것도 희한하지요? 우파 정권에서는 기록 권력을 그렇게 반대하던 사람들이, 좌파 정권이 밀어붙이려고 하는 수술실 CCTV는 적극 찬성하는 것도 기현상이고요.

개인이건 국가건 살아남기 위해서는 경쟁력을 높이는 게 최우선 과제가 돼야 하고, 이 디지털 사회가 아무리 삭막하다 해도 우리는 그 이전의 사회로 돌아갈 수는 없다는 것을 인정해야 합니다. 학생들의 실력을 향상시켜야 하고, 교사와 교수들의 교육과 연구 의욕도 고취해야 하고, 기업은 이윤을 추구하는 것이 본업이라는 것을 생각하면 푸코의 '기록 권력' 비판을 선뜻 받아들이기 어려운 측면도 있습니다. 여하튼 정보나 지식, 이런 건 굉장히 중요합니다. 이처럼 앎에 바탕한 권력을 '앎-권력' 또는 규율 권력이라고 합니다.

그런데 그전에는, 대표적으로 마르크시즘은 권력을 지배자와 피지배자, 또는 착취자와 피착취자라는 이분법적으로 생각하지 않았습니까? 하지만 지금 생각하면, 반드시 푸코를 끌어들이지 않더라도 이런 식의 분리는 말이 안 되잖아요. 어떻게 딱 두 덩어리로 나눠서 "이쪽은 지배자, 저쪽은 피지배자" 이럴 수가 있겠어요? 다양해진 사회에서는 그럴 수가 없어요. 푸코도 권력이라는 건 그렇게 이분법적으로 나눌 수 없고, 마치 모세혈관이 우리 온몸에 퍼져 있듯이 권력의 망(network)이 사회라는 몸체에 넓고 촘촘하게 골고루 깔려 있다는 겁니다. 물론 정치적으로는 커다랗게 지배-피지배 이분법으로 나눌 수 있어요. 하지만 예를 들어 주민센터에 갔을 때 제일 하급 공무원인 사람이 우리에게 부당하게 큰소리를 친다든가 할 때, 그 순간에는 그 사람이 권력이고 나는 권력의 지배를 받는 사람입니다. 그런 식으로 권력은 사회 전반에 골고루 퍼져 있지만, 권력은 관계적이어서 이 관계는 매순간 달라집니다. 권력은 관계에 의해 형성되고, 관계가 해체되면 권력관계도 해체되는 것이지, 권력자가 따로 고정돼 있고 지배받는 사람이 따로 고정돼 있는 건 아니지요. 좁은 의미의 정치권력 말고도 이처럼 온 사회, 온 인간관계가 다 권력이라고 푸코는 말합니다.

그리고 또 한 가지 중요한, 새로운 종류의 권력이 출현했지요. 바로 바이오파워, '생체권력'입니다. 19세기에 싹이 트고 20세기를 거쳐 지금 21세기까지 내내 지속되고 강화되고 있는 권력 형태입니다. 국가가 국민의 '생물학적인 몸'에, 그러니까 국민의 건강 상태가 어떤지에 관심을 갖기 시작한 겁니다. 그 바탕이 되는 인류통계학이 발달한 게 바로 19세기 말부터입니다. 이때부터 권력은 '생명체로서 인간'을 장악하는 데 관심을 갖기 시작했어요. 생물학의 국유화 현상이라고나 할까, 이제부터 개개의 인체가 아니라

'종(種)으로서 인간'이 꼼꼼한 시선의 대상이 됩니다. 소위 생체정치학(bio-politics)입니다.

최　국가가 국민의 몸에 관심을 갖는 게 국민의 안녕을 도모하기 위해서가 권력의 수단이라는 말씀이군요.

박　저도 푸코를 굉장히 좋아하지만, 이 '생체권력' 부분에서는 처음엔 조금 고개가 갸우뚱해졌었어요. 국가가 개입하니까 공중보건도 빠르게 발달하고, 사회 전반적으로 청결하고 더 건강해지고….

최　당장 코로나 백신만 해도, 부족할 때도 있었고 정책도 오락가락해서 신뢰가 안 가긴 하지만 그래도 강제로 맞히고 하는 게 좋은 거 아닙니까?

박　아니요, 오히려 이번에 코로나 상황을 겪으면서 푸코의 말이 맞았구나 하고 생각하게 되었습니다. 방금 신뢰가 안 간다고 하셨는데, 아닌 게 아니라 우리 정부의 'K 방역'이라는 게 꼭 의학적인 이유만으로 하는 것 같지 않단 말이에요. 쉽게 예를 들면 집회 금지를 해 놓고서 보수 우파의 집회는 절대로 안 되는데….

최　내일, 모레 민노총 집회하는데 거기는 또 허용해 주고요.

박　네, 그런 거 하나만 봐도 그렇고, 이거 완전히 정치 방역이라는 게 코로나 시국에서 적나라하게 드러났지요. 필요 이상으로 사람들을 옥죄는 측면이 있고, 다른 사람들한테는 강요하면서 자기네들은 수칙 무시하고 아무렇게나 하고, 이런 걸 보니까 푸코의 '생체권력'이라는 말이 굉장히 설득력 있는 얘기로구나….

최　고전적인 권력이론에서는 보이지 않던, 현대의 새로운 권력 유형이라고 할 수 있겠군요.

박　그리고 그것이 지식-권력, 즉 '앎-권력'하고 직결됩니다. 의학 상식이라든가 인구통계학이라든가 이런 지식이 다 종합돼 나오는, 아주 효과적으로 국민을 지배하는 권력 형태니까요.

최　그러면서 다 국민의 이익을 위한 거라고 포장하고요. 그런데 그 속 내용은 국민을 지배하는 권력을 강화하는 수단 성격이 매우 크다, 바로 그런 부분을 푸코는 일찌감치 경계한 거군요.

박　감시 사회 이야기를 계속해 볼까 합니다. 한국 사회만이 아니라 전 세계적인 현상이죠.

　　푸코는 1984년에 죽었어요. 그러니까 푸코가 판옵티콘을 얘기할 때는 아직 인터넷은커녕 PC, 퍼스널 컴퓨터라는 것조차 생소하던 시절이었어요. 그러니까 푸코는 디지털 사회는 전혀 모르고 아날로그 시대만 살다 간 사람인데, 그 후 불과 십여 년 만에 디지털 시대로 진입하면서 판옵티콘과 전자 시대를 한데 붙여 '전자 판옵티콘' 또는 '정보 판옵티콘'이라는 용어를 만들었습니다. 한 사람이 모든 사람을 감시한다는 판옵티콘의 기본 아이디어는 똑같고, 다만 그전에는 생물학적인 개인이 눈으로 타인들을 감시했다면 이제는 광학 렌즈가 사람의 눈을 대신하고, 네트워크가 사람의 시신경을 대신하고 있다는 거죠.

당신의 수술실을 CCTV가 본다면

최   자연히 보는 범위가 사람의 눈으로 보는 것보다 훨씬 확장됐 겠군요.

박   그렇습니다. 판옵티콘이라 해 봤자 과거의 판옵티콘이란 사실 굉장히 소규모였잖아요. 감옥이래야 수십 수백 명밖에 못 보고, 학교에서 교장선생님이 지나가면서 본다 해도 고작 수십 수백 명 밖에 안 되지요. 하지만 지금 전자 시대의 판옵티콘, 예를 들어 아 까 말씀하신 구글은 전 세계를 다 보고 있죠. 그리고 지나가는 사 람을 촬영하는 CCTV 같은 기계만이 아니라 이제는 모든 사람이 다 스마트폰을 갖고 있잖아요. 눈 깜짝할 사이에 사진을 찍어서 자기 SNS나 블로그나 유튜브 계정에 올리면 전 세계에서 다 볼 수 있고, 그 확산 속도란 게 또 엄청나게 빠르고요. 그게 폭력이 되는 거죠.

그러니까 과거에는 감시가 지배 권력과 피지배자 사이의 일이었 는데, 지금은 개인과 개인 간의 감시 체제가 됐어요. '수평적인 감시 사회'라고 할까요. 누가 물건을 훔치나, 폭력을 쓰나, 사람을 죽이 나…. 심지어 누가 마스크를 안 썼나도 감시해서, 잠깐이라도 마스 크 안 쓰고 있으면 모르는 누군가가 와서 마스크 쓰라고 하고.

최   식당 같은 데 가면 열화상 카메라로 얼굴을 찍는데, 그럴 때마 다 내 이 얼굴을 누가 보고 있는 건 아닌가 생각도 합니다.

박   그리고 QR코드. 이런 게 다 감시 시스템이고, 그것도 개인 대

개인의 감시에요. 벤담 시대의 감옥은 진짜 감옥 안만 감옥이었는데 현대사회, 그러니까 지금 빅테크의 시대, 디지털 시대에는 사회 전체가 감옥이 아닐까. CCTV의 감시도 받지만 다른 사람의 시선도 계속해서 나를 감시하는, '만인이 만인을 감시하는' 사회가 됐지요. 어떻게 보면 조지 오웰이 『1984년』에서 얘기한···.

최 빅브라더!

박 네, 빅브라더의 사회 아닌가. 우리는 빅브라더라는 권력을 비판하지만 사실인즉 우리 한 사람 한 사람이 다 서로에게 빅브라더가 된 셈이지요. 그 옛날 전기도 없던 캄캄한 시절에는 몸을 좀 숨길 수도 있었지만 지금은 어딜 가나 하루 종일 환하고, 아무데도 숨을 데 없이, 자기 정보 다 노출되는 그런 시대가 됐잖아요. 굉장히 피곤한 시대입니다.

최 그러면서 나도 모르게 나도 누군가를 감시하고 있기 때문에 상쇄돼서 느낄지 못할지 모르지만, 굉장한 피로감의 시대죠.

박 내가 감시를 받지만 또 내가 감시를 하는 그게 '역(逆)감시'인데, 역감시는 내가 권력을 감시할 수도 있는 것이기 때문에 좋은 기능이라고도 합니다. 물론 그런 면이 있지요, 우리 개개인도 권력자를 감시한다는. 하지만 조금만 더 생각해 보면, 누군가 나를 감시한다는 것은 그가 나를 조종한다는 것이고, 나를 감시하는 그 사람, 간수라고 하지요, 그 간수는 자기보다 더 높은 사람의 조종을 받고 있고. 그러니까 수평적으로도 서로를 감시하지만 수직적으로도 감시하고 감시당하고, 그래서 점점 더 긴장하고 피곤해진 사회가 된 것 같습니다.

최　그런데 젊은 사람들 중엔 그걸 즐기는 사람들도 있는 것 같아요.

박　맞아요. 젊은 사람들은 "시선이 권력이다, 두려운 거다"라고 말하면 "그게 무슨 소리야?"라고 합니다. 그들은 시선에 노출되는 걸 즐기니까요. 예를 들어 커피숍이나 미장원이나 헬스클럽 같은 데도 통유리로 해 놓는 게 트렌드잖아요? 통유리 앞에서 커피 마시고, 머리 퍼머 하고, 러닝머신 뛰고…. 어느 카페에 간 사진, 어떤 예쁜 옷 입고 찍은 사진을 자기 소셜 미디어에 계속 올리고…. "나 어제 어디 가서 뭐 했다" 그게 다 프라이버시인데, 젊은 이들은 프라이버시 관념이 없어요.

최　저는 그게 일종의 '조작된' 프라이버시 아닌가도 생각하는데요. 뭐랄까, 자기가 노출하고 싶은 것만 노출하는….

박　그래서 저는 지금 상황은 삼사십 년 전 푸코가 분석한 것과는 조금 달라졌다는 생각도 듭니다. 푸코는 보는 사람이 권력이고, 보여지는 사람이 권력의 지배를 받는 사람이라고 했어요. 그런데 현대에 와서는 거꾸로, 보여 주는 사람이 권력이기도 해요. 배우나 연예인들 생각해 보세요.

최　보는 것이 아니라 보여지는 것도 권력이다—

박　보여지는 것'도'가 아니라, 보여지는 것'이야말로' 권력입니다. 예를 들어 배우는 온 나라 수천만 사람들, 심지어 전 세계 수십억 사람들이 바라보고 있어요. 하지만 그 배우는 우리 한 사람 한 사람을 전혀 보지 못하잖아요? 시선의 비대칭인데, 푸코가 말한 비대칭하고는 정반대의. 정치인도 마찬가지죠. 결국 보여지는 사람이 권력인 시대.

최　배우나 정치인들의 경우, 무엇을 보이게 할 것인가를 자기가 조절할 수 있지 않습니까?

박　바로 그겁니다. 보여지는 사람이 권력이라는 점에서는 푸코의 비대칭성이 뒤집힌 거라고 말할 수 있지만, 연예인이나 정치인들이 보여 주는 것들은 그들이 아주 치밀하게 계산해서 보여 주는 것이지, 자신들의 치부까지 보여 주는 건 아니잖아요. 그래서 치부가 드러나기라도 하면 연예인이나 정치인은 치명적으로 몰락하기도 하거든요. 그렇게 보면 역시 '시선은 권력이다'라는 명제는 여전히 유효하다는 생각이 드네요.

최　보는 것도 권력이고, 보여지는 것도 권력이고 — 이러나 저러나 시선은 권력이군요.

박　젊은 사람들이 소셜 미디어에 일기 쓰듯이, 나 누구하고 사귄다, 이런 것들까지 다 올리는 걸 굉장히 좋아하는 건 의식하지 않더라도 '시선의 권력'을 즐기는 거라고 할 수 있는데, 하지만 그건 생각을 조금 잘못하는 것 아닐까. 나중에 이게 다 자기한테 족쇄가 되지 않을까….

최　족쇄가 되지요. 이재명도 그렇고 그전에 조국의 '조만대장경', 그 밖의 정치인들이나 연예인들 누구누구도 그렇고, 과거 행적과 발언들이 족쇄가 되고 있지요.

박　그게 기록으로 남지 않았다면 그때 거기 있었던 사람들의 기억

말고는 아무런 증거도 없잖아요? 그런데 스스로 남겨 놓은 바람에, 말하자면 전자기기가 간수의 시선을 대신하고, 스스로가 자신에게 간수 노릇을 한다—

최 어떻게 보면, '시선'에서 '정보'로 권력이 옮겨진 것도 같네요.

박 그래서 '앎-권력'이지요. 푸코가 시선을 얘기했을 때는 원시적이고 자연적인 상태, 즉 사람의 시각에 의한 시선을 얘기한 건데, 그때 시선이란 그냥 누가 나를 바라본다, 이런 정도고 그건 사실 오늘날에 비하면 별게 아닐 수도 있어요. 오늘날 누가 나를 보는 것이 두렵다는 건 사실 정보에 대한 두려움이죠. 나의 정보가 내 의지와 상관없이 새나가서 남들에 의해 활용될 수 있다는 두려움. 그러니까 시선이라는 결국 정보에 대한 메타포, 은유입니다.

권력이 있는 사람이건 돈이 많은 사람이건, 사람은 누구나 다 비슷하게 약한 존재입니다. 사람은 누구나 남의 시선에 노출돼 자신의 약점이 공개되지 않을까, 그러면 내가 사회적으로 소외되지는 않을까 하는 두려움이 있어요. 말하자면 사람은 누구나 약간은 쓸쓸함을 가지고 있는데, 그렇다면 너무 심하게 감시 체제를 강화하거나 사람들을 비인간적으로 다룰 필요가 있을까요?

최 그러니까 시선은 인간의 기본적인 '인정의 욕구'를 충족시킬 수준까지만 해야지, 그 이상으로 지나치게 정보가 노출되는 것은 오히려 개인을 옥죄는 것이 될 수 있군요.

박 마스크만 해도 그래요. 밀집, 밀접 환경만 아니라면 각자가 철저하게 자기 위생을 위해서 쓰면 되는 거지, 개인 공간 확보된 실외에서 남들이 안 썼다고 그렇게 주의 주고 개입할 필요까지 있나 하는 생각입니다.

최 그래서 유럽이나 미국에서는 마스크에 그렇게 목숨 걸고 반대 하는 사람들이 있나 봅니다. 아무래도 그곳이 자유와 프라이버시를 소중히 여긴 역사가 있어서일까요?

박 같은 생각입니다. 그런데 우리는 자유와 개인주의의 역사가 거의 없다시피 해서, 개인보다 집단이 더 중요하다는 생각이 많이 남아 있어요. 마스크나 백신만 해도 '집단을 위해 개인을 희생해야 한다', 그렇게 생각하다 보니 정부가 하라면 개인은 그냥 따라야 한다는. 아 물론, 위생적으로 철저한 건 좋죠. 그런데 그 이상으로 개인이 다른 개인에게한테까지….

최 이른바 '선 긋는' 걸 잘 못한다고나 할까요. … 자, 교수님 말씀을 주욱 듣다 보니, 우리가 처음에 시작할 때는 수술실 CCTV 얘기로 시작했는데, 이게 단순히 CCTV를 설치하느냐 마느냐 문제가 아니라 개인으로서 나의 자유, 나의 프라이버시 문제와 직결된다는 게 드러났어요. "의사가 대리수술 같은 걸 못 하도록 막기 위해 CCTV를 설치하자" 이렇게 순진하게만 생각해선 안 된다는.

박 그렇습니다. 이건 인간으로서 국민 개개인의 인권과 직결되는 문제입니다. 거듭 강조하는데, 당신의 수술실의 CCTV가 의사나 간호사들만 보는 게 아니라 수술대에 누워 있는 당신이나 당신 가족도 보고 있다는 사실만 생각해도 다른 시각에서 이 문제를 바라볼 수 있다고 생각합니다.

최　알겠습니다. 자, 한 시간가량 박정자 교수님과 함께 수술실 CCTV 이야기를 실마리로 해서 시선은 권력이다, 정보도 권력이다, 권력이 시선을 통해 개인의 정보를 필요 이상으로 틀어쥐는 것이 개인의 자유와 프라이버시는 위축될 수밖에 없다는 말씀을, 제러미 벤담과 미셸 푸코의 판옵티콘, 그리고 푸코의 『감시와 처벌』, 박정자 교수님의 『시선은 권력이다』라는 책 내용과 함께 나눠 봤습니다. 시청자 여러분이 다양하고 다각적인 '시선'을 가지시게 되는 데 많은 보탬이 됐기 바라며, 교수님 오늘 말씀 고맙습니다.

박　감사합니다.

3

노동이 된 여가, 특권이 된 일

최대현 지난주에는 요즘 핫한 주제가 되고 있는 수술실 CCTV 설치 문제를 판옵티콘과 '앎-권력'이라는 측면에서 함께 살펴봤습니다. 시선이란 남을 들여다볼 수 있는 정보를 가진 권력이고, 그 권력은 과거로부터 지금 현재까지 꾸준히 확장돼 왔다는 말씀 들었고요. 오늘은 어떤 좋은 말씀을 듣게 될지 기대가 됩니다.

박정자 오늘은 최 부장님같이 바쁘신 분 이야기를 좀 해 보겠습니다.

최 아, 저 오늘 유난히 바빴습니다. 더 흥미로워지는데요.

박 이 사진, 신문에서들 보셨을 텐데요, 지난 주 런던 웸블리 경기장에서 열린 '유로 2000' 축구 경기, 잉글랜드와 독일의 16강전에서 영국의 윌리엄 왕세손하고 부인 케이트 미들턴이 응원하는 장면입니다. 케이트 세손빈, 얼굴도 예쁘고 옷이 예쁘기도 하지만 아주 잘 어울리잖아요? 그러면 많은 여자분들이 으레 '아, 저 옷

은 어디 브랜드, 어느 디자이너의 무슨 제품일까?' 하고 궁금해
하실 텐데요.

최　저야 디자이너나 브랜드는 잘 모르지만, 명색이 세손빈이니까
엄청나게 비싼 옷이겠군요.

박　그럴 것 같지요? 그런데 알고 보니 놀랍게도 저 옷은 자라
(ZARA)라는 중저가 브랜드 옷입니다.

최　자라는 저도 차 타고 지나치며 가끔 보긴 하는데, 중저가 브랜
드였나요?

박　아, 잘 모르셨군요. 값도 싸고 디자인도 괜찮고 — 케이트 빈이
입은 저 빨간 재킷만 해도 우리 돈으로 9만 3천 원 정도 합니다.

최　'0'이 몇 개 빠진 건 아니고요? 93만 원이나 930만 원이나….

박 일국의 세손빈이 9만 3천 원짜리 재킷이라니 뜻밖이죠? 그래서 얘깃거리가 된 겁니다. 대 영국 왕가의 며느리가 저렇게 소박한 옷을 입었구나, 참 검소하다면서요.

최 이름은 말하지 않겠지만 우리나라 과거의 어떤 대통령부인이 떠오르기도 하고, 반면에 더 최근의 어떤 대통령부인과 대비되기도 하네요.

박 그래서 오늘은 저 사진을 실마리로 삼아, '소비'라는 주제를 함께 생각해 보려고 합니다.

프랑스의 사회학자 장 보드리야르는 상류층의 '반(反)소비' 또는 '과소(過少)소비'라는 얘기를 했어요. 더 정확히는 그보다 전에 미국의 소스타인 베블런이라는 학자가 처음으로 한 말인데요.

최 소스타인 베블런이라면, 과거 586 운동권들의 필독 도서였던 『유한계급론』의 그—

박 맞습니다. 베블런의 『유한계급론』에 유한(有閑)계급, 그러니까 부자들의 '과시적 소비' 이야기가 있지요. 소비는 부(富)를 과시하는 방편이라는 말입니다. 그런데 보드리야르는 부자들이 '과시' 소비를 하는 시대는 옛날 얘기고, 현대의 부자들은 '과소'소비를 한다는 거예요.

최 과소소비라면, 부자들은 소비를 안 한다는 말인가요?

'과시 소비'에서 과소(過少)소비로

박   자본주의 사회에서, 더구나 자본주의의 승자인 부자들이 소비를 아주 안 하고 살 리가 있나요. 다만 아주 적게, 지나치게 검소한 소비를 한다는 말입니다. 현대의 부자들은 과시적으로 많이, 사치스럽게가 아니라 너무나 적게, 그리고 과시적으로가 아니라 아주 소박하게 소비한다고요. 그래서 오늘의 우리 주제를 '베블런에서 보드리야르까지', 또는 '과시 소비에서 과소소비까지'로 잡아 봤습니다.

최   그러니까, 시대가 달라지면서 우리의 소비 패턴, 특히 상류층 ─ 물론 우리 사회를 계급사회로 보는 건 아니고요 ─ 의 소비는 어떻게 변화해 왔는가를 보는 거군요. 그런데 소비, 물건을 사서 쓰는 것, 뭐 별거 아니라고 생각했습니다만.

박   그렇죠? 하지만 소비는 '계급'과 직결된 아주 중요한 문제입니다.

최   소비가 계급이다 ─

박   네. 소비는 계급하고 아주 밀접한 연관이 있습니다. 물론 지금은 귀족 계급, 평민 계급 하는 식의 계급사회는 더 이상 아닙니다만, 신분계급 말고 계급이 없느냐 ─ 그렇지 않습니다. 우리의 일상생활과 의식 속에, 그리고 사회적으로도, 과거와 다른 의미에서 계급은 존재합니다. 단적으로 경제적으로 상류계급이 있고, 그 아래 보통 사람들, 서민이 있잖아요.

그런데 요즘 보면, 재벌이나 부자 아닌 평범한 젊은 회사원들도 한두 달 절약해서 웬만한 명품 가방 정도는 충분히 사고 그러거든요. 혹시 최 부장님은 고가의 제품 앞에서, 살 만한 돈이 있는데도 멈칫하신 적은 없으세요?

최 뭐 친구들 만나거나 모임 같은 데서 그런 거 한 사람 보면 나도 사고 싶다 그런 생각이 아주 잠깐 들기도 하지만, '에이, 내 월급 가지고 뭐…' 하면서 접곤 하죠. 집에서 기다리는 애들이나 집사람 생각하면서 '그 돈으로 식구들 옷이라도 한 벌 사 주지' 하기도 하고요.

박 그렇지요? 우리 사회는, 적어도 기성세대는 얼마간 여윳돈이 있다고 해서 비싼 물건을 마음대로 사는 사회가 아닙니다. 어려서부터 검소해라, 분수에 맞게 살아라, 이렇게 배워 왔기 때문에 사치품을 사선 안 된다는 금기 같은 게 있어요. 그런데 자세히 보면 그 금기란 게, 사회에서 누가 규범으로 나한테 정해 준 게 아니에요. 그런데도 어쩐지 사치품 앞에선 망설이게 되는, 내가 스스로 내면화한 금기 같은 게 있습니다.

최 저만 해도 아주 어릴 적입니다만 박정희 대통령 때 태어나서 그런지, 가정의례준칙 같은 것 신경 쓰면서, 사치는 사회악인 것처럼 배우고 자랐습니다. 물론 저보다 더 젊은 세대는 이제 그런 게 없긴 하겠지만요.

박 예, 확실히 그때하곤 달라졌죠. 그렇다고 젊은이들이 계급을 전혀 의식하지 않느냐, 그건 아닌 것 같아요. 상류층으로 올라가고 싶은 욕구는 사실 이전 세대보다 더 심한 것 같아요. 넓은 의미에서 계급의식이 완전히 사라졌다고는 할 수 없습니다.

자, 베블런 얘기를 계속해 볼까요? 아까 소개했듯 베블런은 사치품을 소비한다는 것은 자신의 부를 보여 주는 과시 소비, conspicuous consumption이라고 했습니다. conspicuous, 눈에 띄고 유별나다는 말이죠. 요즘 말 중에 '플렉스(flex)'라고 있지요? 어떤 비싼 물건 사서….

최 인스타 같은 데 자랑스럽게 올리고….

박 바로 그겁니다. 그런데 베블런은 그런 과시 소비는 돈 많은 상류층만이 할 수 있는 거고 그 아래 계층은 하고 싶어도 돈이 없어서 할 수 없다, 즉 과시 소비는 돈 많은 계층만의 특징이라고 봤어요.

최 솔직히 저는 충분히 공감이 갑니다만.

박 만약에 그 상류층이 데리고 있는 하인 같은 사람들이 그 주인의 소비를 흉내 내서 똑같은 사치품을 쓴다면 주인이 보기에 어떨까요?

최 건방지다고 굉장히 불쾌해 하지 않을까요? 조선시대만 해도 신분별로 갓 사이즈가 다르지 않았습니까. 양반 갓은 엄청 넓고, 중인들은 그보다 챙이 좁거나 패랭이 같은 것, 천민들은 아예 갓도 못 쓰고요.

박 그리고 집도요. 양반도 더 위에 왕실이 있으니까 왕족 아닌 양반은 아무리 부자라도 아흔아홉 간 이상 집은 안 된다든가. 이런 게 다, 차별화하지 않으면 상류층이 불쾌하니까 아주 규범으로 정해 놓은 거란 말이에요. 그리고 태어나면서부터 그렇게 듣고 배우다 보니까 사람들에게 그런 금기가 내면화됐다는 겁니다. 그래서 아래 계층들은 호사스러운 걸 살 충분한 돈이 있어도 어쩐지 안 사게 되지요.

최 그냥 절약하기 위해서가 아니군요. 그러니까 사회화되는 과정에서 경험한 것들이 체화돼서 '이건 나한테 어울리는 게 아니야'라고….

박 네, 그렇게 내면화했다는 게 베블런의 생각이었는데, 베블런만 해도 100년 전 사람이라 이제는 사회가 많이 바뀌었어요. 법적으로 계급 없는 사회가 된 게 서양의 경우 일이백 년 넘었고, 우리도 형식적으로는 1894년에 계급이 철폐됐으니까 120년도 넘었지요? 그리고 한 50년 전부터 사회 전체가 과거와 비교도 할 수 없이 잘살게 되기 시작했어요. 대량생산의 시대가 되니까 물자도 풍부해지고 사람들의 소득도 높아졌지요. 이런 풍요로운 사회에서는 자동차나 고급 전자제품뿐만 아니라 사치품의 값도 소득 대비 상대적으로 굉장히 싸집니다. 그래서 돈이 아주 많지 않은 사람이라도 고가 제품 몇 개는 들여놓을 수 있게 됐어요. 예를 들어 '로열 코펜하겐'이라는 찻잔은 원래 덴마크 왕실에서나 쓰던 자기인데, 우리나라에서도 눈썰미가 있고 조금만 여유가 있으면 로열 코펜하겐 정도는 그냥 사서 집에서 커피 막 마실 때 써요. 음식만 해도 조선시대 같으면 궁중에서나 양반들이나 먹던 유과, 약과 이런 건 지금은 흔한 음식같이 됐지요? 자, 루이비통 가방 사진입니다. 지

금은 유행이 지난 디자인인데 한 2010년쯤에 저 가방을 '3분 가방'이라고 불렀어요. 길거리 걸어가다 보면 2~3분마다 저 가방 든 여자를 볼 수 있다고 해서요.

최 저는 루이비통 하면 고르바초프가 광고모델로 나온 여행가방 밖에 모릅니다만….

박 다보스 포럼 아시죠? 배우 앤젤리나 졸리가 2005년 다보스 포럼에 갔는데, 헤어지기 전이라 남편 브래드 피트하고 함께한 사진이 신문에 났는데, 그 사진에서 앤젤리나 졸리가 멘 가방이 바로 루이비통 브랜드였어요. 그게 불과 몇 년 사이에, 서울 길거리에서 2~3분마다 마주치는 가방이 된 거죠. 그렇게 누구나 사치품을 쓸 수 있는 시대가 됐어요. 소비의 평등화가 이뤄졌다고나 할까.

최 저 어릴 때만 해도 TV가 동네에 한두 집, 진짜 부잣집에나 있는 거였는데 지금은 이재용 부회장 집에 있는 큰 TV나 우리 집에 있는 TV나 별 차이가 안 나기는 해요.

박 네, 그런 시대가 됐어요. 스마트 기기가 보편화되고 SNS가 활성화되면서는 그런 걸 부추기는 자극도 많아집니다. 다른 사람들은 어떤 사치품을 얼마나 가지고 있는지 쉽게 볼 수 있는 거죠. 요즘은 베벌리 힐스 같은 데서 유명한 여배우가 무슨 옷을 입고 무슨 백을 들고 외출한 사진이 언론에 나오면 당장 일주일 뒤에 우리나라 평범한 사람들 사이에 그 옷, 그 백이 유행하기도 할 정도예요. 그러면서 사치품의 평등화가 이루어진 것 같습니다.

그런데 과거에 '사치품을 쓰는 상류층'이라는 게 어떤 것이었을까 돌아볼까요? distinction, '구별'이라는 말 있지요. distinction은 귀족이나 상류계급의 품위, 품격을 뜻하기도 합니다. 구별하기가 어떻게 품위냐—상류계급이란 결국 다른 계급과 차별화되는 계급이거든요. 그러니까 아래 계급들은 검소하고 소박한 물건을 쓰고 있을 때 상류계급은 그들과 그들과 구별되게, 차별적으로 사치품을 쓰는 계급인 거예요. 소비하는 물건뿐만 아니라 매너 면에서도요. 예의범절이나 에티켓 같은 것, 본래는 하류층과 구별되는 상류층만의 전유물이었잖아요.

최 어디 사교클럽에 나가려면 거기 걸맞은 매너나 에티켓을 배워야 되는—

박 네, 상류층의 품위란 바로 차별이죠. 그런데 요즘은 조금 전 앤젤리나 졸리 가방이랑 서울의 '3분 가방'이랑 똑같았던 데서 보듯이, 상류층과 아래 계층 사람들이 쓰는 물건의 구별이 없어졌어요. 돈 많은 미국 여배우, 돈 많은 우리나라 재벌 사모님이 이 가방을 들었는데, 길거리 나가 보면 보통 20~30대 회사원들도 이걸 들고 다닌단 말이에요. 두 계층 사이에 차별이 없어진 거예요. 하지만 상류층이란 다른 계급과의 차별성이 특징인데 —

최 소비가 평등화돼서 구별이 사라졌다 — 하지만 상류층은 엄연히 상류층 그대로 있는데, 뭔가 차별화가 돼야 될 텐데 —

박 네, 뭔가 차별되는 게 필요한데, 과거에는 사치품을 쓰는 게 아래 계층과 차별화하는 요인이었지만, 지금같이 누구나 다 사치품을 쓰는 시대에는 사치품 가지고는 차별화가 안 되겠죠? 그래서 오히려, 위로 올라가는 게 아니라 아래로 내려가는 식으로 차별화를 합니다. 그전에는 과시적으로 비싼 소비, 다량 소비를 했지만 이제는 과소소비 — 아주 적게, 아주 소박하게, 값싼 걸로요.

최 처음에 보여 주셨던 케이트 빈의 10만 원도 안 되는 재킷 같은?

박 바로 그렇게 설명되는 겁니다.

최 정용진 회장이 갑자기, 물론 자기 브랜드 매장이기는 하지만, 대중적 식음료 매장에 가서 우리가 마시는 거랑 똑같은 고기를 먹고 커피를 마신다든지 그런 모습 같은 거군요. 그리고 보면 왕년에 빌 게이츠 같은 사람도 가끔 한국 다녀갈 때 보면 그냥 소탈하게 콤비로 입고, 점심도 그냥 프랜차이즈 햄버거 같은 걸로 때우고 하더군요.

박 다만, 부자들 개인 한 사람 한 사람이 그런 걸 의식하지는 않을 수도 있어요. 하지만 그런 사례들이 우리 눈에 많이 보이면, 그런 게 그 계급의 특징이라고 생각할 수 있는 겁니다. 그렇게 현대에 상류층 사람들이 소박한 소비 행태를 보이기 시작한 걸 베블런의 옛날 이론으로는 설명할 수 없겠지요. 그래서 나온 게 보드리야르의 '과소소비' 이론입니다. 이제 상류층과 하류층을 구분하는 방법은 사치가 아니라 검소가 됐어요. 비싼 레스토랑에 가는 게 아니라 9천 원짜리 순두부찌개를 먹는다, 그런 게 바로 아래 계층과 차별화하기 위해서. 그렇게 오늘날의 상류층은 과거의 상류층과 달리 고급, 화려함, 낭비 같은 걸 과시하는 게 아니라, 거꾸로 값싼 음식을 먹고, 자가용차도 덜 타고, 그리고 해진 구두 신고—그렇게 보통 사람들과 비슷한 소박한 생활을 '과시'합니다.

최　지하철 타고 다니는 거 자랑하는 사람들이 있죠. 그걸 또 정치인들이 흉내 내지요.

박　그렇죠. 박원순, 박영선의 찢어진 구두 같은. 전형적인 '과소소비'의 예입니다. 이렇게 상류층들이 지나치게 소비하기는커녕 지나치게 소박하게, 지나치게 덜 소비하는 걸 상류층의 반(反)소비(anti-consumption) 또는 과소소비(underconsumption)라고 합니다. 이런 현상을 겸손하다고만 볼 수 있을까요? 물론 일차적으로는 겸손한 거지만 반드시 그렇기만 할까—그 개인은 의식하지 않을 수 있지만 어떻게 보면 극단적인 형태의 위세(prestige)가 아닐까. 과거에는 사치가 상류층의 위세를 과시하는 거였다면, 지금은 "나는 순두부 먹어" 이런 게 위세 아닐까, 이 말입니다.

최   자신의 부와 지위를 역설적으로 극단적인 검소함으로 과시한다?

박   네, 어쩌면 사치품보다 더한 위세죠. 그래서 재벌의 순두부는 벤츠나 롤스로이스 자동차에 맞먹는 위세 상품이라고도 말할 수 있어요. 사실 순두부는 벌써 2005년에 어떤 대기업 오너가 한 말인데, 가까운 거리는 걸어 다니고 점심은 순두부, 그때는 5천 원이었는데, 요즘 알아보니까 9천 원이더라고요. 그러니까 중간 계층의 20대 여성한테 루이비통 가방이 사치품이라면, 대기업 오너에게는 순두부찌개가 벤츠보다 더한 사치품이라고도 얘기할 수 있는 겁니다.

최   8천~9천 원짜리 순두부가 8억~9억짜리 롤스로이스 뺨친다니, 가성비가 만 배도 아니고 10만 배 되는군요. 물론, 우리가 안 볼 때는 고기도 트리플A 한우만 먹겠지요?

박   하하, 그건 알 수 없는 거고… 정리하면, 상류층은 아래 계층보다 더 심하게 소박한 생활 패턴을 과시한다 — 이것은 어찌 보면 아래 계층이 자기네 자리로 올라오는 것을 막는 '사다리 걷어차기'라고도 할 수 있어요. 상류층은 사회의 어떤 높은 층에 먼저 도착, arrive한 사람이잖아요? 실제로 영어 arrive에는 성공하다, 명성을 얻다라는 뜻도 있지요. 사회의 어떤 굉장히 높고 고급스러운 장소에 먼저 도착한 사람은 먼저 성공하고 돈 번 상류층입니다. 아래 계층 사람들은 언제나 상류층이 하는 걸 모방하니까, 그 높은 사다리 위를 바라보면서 '나도 저 사람들처럼 사치스럽게 입어야지' 하면서 좀 무리를 해서 비싼 물건 장만해 그걸 쓰면서 올라갔어요. 그런데 올라가 보니까, 진작에 그 위에 있는 사람들은 이제는 사치품을 쓰지 않고 오히려 순두부나 먹고 값싼 해진 구두나 신고 있는 거예요. 그러면 천신만고 끝에 거기까지 올라간 아래 계급은 '내가 기껏 올라왔는데 이건 상류층이 아니잖아' 하고 당황해서….

최　그렇다고 나도 순두부를 먹어 본들, 내가 순두부를 먹는 거랑 이재용, 정용진이 순두부 먹는 거랑은 느낌이 완전히 다를 것 같아요. 이재용이 타는 거랑 똑같은 차를 타면서 이재용 느낌을 내기가 쉽지, 이재용이 먹는 거랑 똑같은 순두부찌개를 먹으면서는 도저히 그 느낌을 낼 수가 없겠네요.

박　하하… 그래서 이거 일종의 사다리 걷어차기 아닌가 생각해 봤습니다. 물론 그 사람들이 평상시에 정말로 그렇게 검소하게만 생활하겠느냐, 그건 물론 아니겠지요. 비슷한 부자들끼리는 경쟁적으로 사치를 과시하겠지요. 그러니까 돌고 돌아 상류층의 과시소비라는 말은 역시 맞습니다. 동류들끼리 사이에서는 과시 소비를 하고, 다만 언론에 노출될 때, 또 보는 눈이 많은 곳에서는 남에게 보여 주기 위해 과소소비를 하는 거죠. 그러니까 '상류층의 과소소비'라는 말의 진실은, 대중의 눈이 있는 곳에서는 더 이상 사치하지 않는다는 말입니다.

　　자 소스타인 베블런의 『유한계급론』에서 출발해서 여기까지 왔는데, 베블런은 미국의 사회학자, 경제학자이고요, 『유한계급론』은 1899년, 그러니까 20세기 딱 1년 전에 나온 책이군요. 이 책의 주제는 '현대사회의 소비와 계급' 이론이고, 소비에 대한 그의 계급적 해석을 한마디로 정리하면 '따라잡기'입니다. 하류계급은 상류층을 따라잡으려, 모방하려 애쓴다는. 하류층이 분수에 넘치게 사치품을 쓰는 건 상류층을 모방하기 위한 것이다. 그런데 책 제목에서 보다시피 베블런이 상류층을 upper class라고 하지 않고 '유한(有閑) 계급, 레저 클래스(leasure class)라고 했어요.

최 '레저'라면 스포츠, 여행, 관광 이런…?

박 네. 정확히는 레저는 여가(餘暇)이고, 스포츠 여행 관광 같은 것들은 여가를 이용해 하는 '활동'이지요. 베블런이 상류층을 레저 클래스라고 한 건 시간적 여유가 많은 사람, 노동을 하지 않아도 먹고사는 데 지장이 없을 만큼 부유한 사람이라는 뜻에서 그런 거고, 이게 '유한계급'으로 번역된 건 아마 일본어 번역을 따온 듯합니다. 아무튼 『유한계급론』에서 베블런은 유한계급, 즉 부자들을 신랄하게 공격했어요. 그리고 부자들을 따라잡으려고 애쓰는 중산층의 모습을 희화적으로, 아주 적나라하게 묘사했지요. 유한계급, 상류층이란 명성이 있는 사람들이잖아요? 그래서 사람들이 부러워하고, 닮으려 애쓰고, 상류층의 가치 기준까지 그대로 따르려고 합니다. 사회계층의 최상부에 위치한 유한계급의 생활 기준, 가치 기준, 에티켓 등을 바로 아래 계급인 중산층이, 나중에는 하층계급까지 따라 하려고 애를 쓰게 된다는 것입니다.

최 그러니까 예전 같으면 왕실과 왕족들의 생활방식을 귀족들이 흉내 낸 것처럼요.

상류계급 따라 하기는 현대사회의 특징

박　그리고 귀족사회가 무너진 현대에는 상류층이란 결국 돈 많은 부자들이잖아요. 과거와 같은 의미에서 계급은 없다고 하지만, 현대사회에도 엄연히 계급은 여전히 있죠. 고도로 산업화된 현대사회에서 과거의 귀족과 같은 명성을 획득할 수 있는 근거는 재력입니다. 좌파들이 허구헌 날 공격하는 게 바로 이건데, 현실에서는 돈 많은 부자들의 생활방식을 중산층이 따라 하고, 중산층의 생활방식을 더 가난한 사람들이 따라 하고… 이렇게 아래 계층들은 자기보다 한 단계 높은 계층의 생활방식을 모방하려고 무진장 애쓰는 모습을 보입니다.

그런데 신(新) 상류계급인 부자들이 재력을 과시하면서 명성도 획득하고 유지하는 방법은 두 가지가 있어요. 하나는 소비, 다른 하나는 여가라는 게 베블런의 주장입니다. 화려하고 값비싼 사치품을 소비하는 행위를 통해서, 또 아래 계층은 꿈도 못 꿀 여행, 이를테면 한두 달 카리브해 이런 데로 가서….

최　시간을 소비하는군요.

박　그렇습니다. 남아나는 시간, 즉 여가를 소비함으로써 부를 과시하는 거죠. 농부가 밭을 갈고 노동자가 공장에서 일하는 것 같은 생산적인 노동에 종사하지 않으니까 레저, 한가한 시간이 있기 때문이죠.

최　유한계급이란 다른 말로 백수(白手), 노동하지 않는 하얀 손이군요.

박 생존을 위한 노동 대신 어떤 활동, 심지어 골프나 테니스같이 힘이 드는 일을 하더라도 그건 생산적인 활동이 아니라 재미로 하는 여가 활동, 쉽게 말해 노느라고 힘든 거죠. 이게 베블런이 유한 계급, '레저 클래스'라고 이름 붙인 상류계급의 특징입니다.

이런 과시적 소비, 과시적 여가의 공통점은 '낭비'입니다. 물건을 필요 이상으로 막 쓴다는 그 낭비요. 그 낭비의 대상이 소비에서는 재화, 레저에서는 시간입니다. 돈도 시간도 아등바등 쪼개 써야만 하는 아래 계층 사람들과 달리, 유한계급은 넘치는 돈과 시간을 마음대로 낭비할 수 있지요.

그런데 이런 상류층은 높은 사회적 명성을 누리고 있잖아요. 현실에서 "나는 상류층 그렇게 부럽지 않아"라고 말하는 주체적인 사람들은 그리 많지 않고, 대부분의 사람들은 상류층을 부러워하고 상류층 되기를 원합니다. 바로 이런 사진 같은.

최 TV 드라마군요. 상류층 선망이 없다면 〈스카이캐슬〉, 〈펜트하우스〉 같은 온갖 드라마들이 왜 인기를 끌었겠느냐—

박 네, 죄다 상류층 얘기잖아요. 왜? 사람들이 동경하니까요. 상류층은 아주 높은 사회적 명성을 누리니까 사람들이 부러워하고, 그 상류층의 생활방식을 닮으려 애쓰고, 결국 상류층의 생활방식이 사회 최하층 계급까지 거침없이 내려갑니다. 이제는 모든 사람들이 비슷하게 됐어요.

그런데 특이한 건, 모든 사람들이 상류계급을 닮으려고 애쓰지만, 자기보다 여러 단계 높은 '최상류' 계급을 닮으려고는 하지 않아요. 언제나 자기보다 바로 한 단계 위 계급을 닮으려고 애씁니다. 그리고 재벌이라고 한마디로 말하지만 사실 재벌에도 급이 여럿 있잖아요? 가만히 보면 재벌들 안에서도 상대적으로 좀 적은 사람들이 또 그보다 높은 층을 선망합니다.

최　그런가요? 예를 들면 이재용이 베이조스를 선망한다?

박　물론이죠. 한국에서 모든 사람들이 이재용을 선망한다면, 이재용은 아마존의 베이조스를, 그런 식으로. 그리고 그 아래, 우리 중산층은 돈도 적당히 있고 다 괜찮지만 그래도 이재용이나 아니면 그 바로 아래, 또 중산층보다 더 아래 사람들은 중산층으로 신분 상승을 원하고요. 이를테면 이재용 급이 아니라 바로 옆 아파트, 우리 집은 몇 평인데 저 집은, 이런 식으로요.

최　30평대 아파트 사는 사람은 40평대를 꿈꾸고, 서울 강북에 사는 사람은 강남을 선망하고….

박　그렇게 딱 한 단계 높은 계층을 선망합니다. 모든 계급은 언제나 더 높은 계층으로 올라가고 싶다는, 상류계급을 지향하는 성향이 있습니다. 그 한 단계 위의 계급이 보이는 어떤 모범 또는 교훈이 있지 않겠습니까? 그런 규범이나 매너 같은 걸 따라서 하려고 해요. 상류층을 따라서 과시적 소비를 하거나 과시적 여가를 즐기는 거죠. 그전 같으면 부자가 아닌 보통 사람들은 어디 해외여행을 한다는 건 꿈도 꿀 수 없었잖아요. 하지만 지금은 해외여행 정도는 누구나, 거의 모든 사람들이 갑니다. 지금 코로나 때문에 일시 못 나가지만, 그 직전에 굉장했잖아요.

"교통수단의 발달로 인구 이동이 쉬워짐에 따라 한 개인은 이제 수많은 개인들의 시선에 노출될 수밖에 없다." 베블런 책에도 이런 구절이 나오는데, 저는 이걸 보고 120년도 더 된 베블런의 시대에 이미 지금하고 비슷한 생활양식이 시작됐구나 하고 생각했어요. 보세요, 코로나 직전만 해도 토요일, 일요일 되면 젊은 사람들은 물론이고 나이 든 사람들도 으레 영화관이나 놀이공원이나, 아니면 헬스클럽이나 골프장에 다니고 했잖아요? 그런 데를 가면 언제나 나를 바라보는 익명의 구경꾼들이 있잖아요. 아는 사람도 아닌데 그 모든 사람들이 나를 바라보고, 물론 나도 그 다른 사람들을 구경하고요.

최　동경이든 그냥 관심이든, 아무튼요.

박　'아, 저 사람은 옷을 참 잘 입었다', 또는 만약 내가 옷을 잘 입고 갔다면 '사람들이 보면서 부러워하겠다' 이런 생각을 하게 되겠죠.

최　시선을 즐긴다는 말씀이군요.

박　네. 그게 젊은 사람들은 더 심한 거예요. 데이트하러 나갈 때는 물론이고 친구들과 놀러 나갈 때도 제일 좋은 옷으로 잘 차려입고 제과점도 가고 커피집도 가는 게 그래서죠. 베블런도 그걸 지적했는데, 한 개인이 수많은 익명의 개인 앞에 노출될 수밖에 없는 상황이 사치품의 소비를 더욱 부채질한다는 겁니다. 1899년 이미 그때부터 그런 현상이 시작됐구나, 하고 저는 생각했어요.

그런데 만일 귀족사회 같으면, 그야말로 귀족들이나 타는 호화로운 마차를 타고 내리는 귀부인을 보면 이 사람은 귀족이다, 딱 알 수 있지만, 현대의 민주화된 사회에서는 누가 상류층인지, 누가 잘사는지 아무도 몰라요. 아무리 잘사는 사람이라도 노숙자처럼 허름하게 입고 나가면 노숙자 취급당해요. 요즘 사회에서 다수의 개인들이 한 개인의 신분을 평가하려면 오로지 외모와 복장을 보고 판단하는 수밖에 없어요. 어떤 옷을 입고 어떤 치장을 했느냐로 한 인간의 신분이 순간적으로 정해집니다. 그래서 모두들 그렇게 옷을 잘 입으려 하고, 머리도 비싼 돈 주고 미장원에 가 다듬으려 하고 그렇습니다. 옷이야말로 타인의 시선 앞에서 자신을 드러내 보이는 재화입니다. 내가 옷을 잘 입었다는 것은 그만한 옷을 살 수 있는 재력이 있다는 얘기니까요.

최　Your are what you wear, 옷이 계급을 드러낸다는 말씀이군요. 그래서 비싼 차를 몰려고 하고, 아파트도 좀 넓은 평수에다 래미안이다 롯데캐슬이다 하는 브랜드 있는 데 살려고 하고….

박　그렇게 하면 내가 상류층이라는 것을 남들이 알아봐 줄 거라는 기대감 때문이죠. 아무리 상류층이라도 알아봐 줄 사람이 없으면 재미없지 않겠어요? 알아봐 주는 시선이 있기 때문에 재미있는 겁니다. 내가 비록 그런 상류층이 아니더라도, 익명의 시선들이 나를 상류층으로 봐 줬으면 좋겠다 하는 생각에 잘 차려입고 나가면, 잠깐 동안이나마 나는 그 시선을 즐길 수 있으니까요.

최　자 그러면, 누구나 좋은 차 타고 비싼 집 살고, 좋은 옷 입고 비싼 집 다니면, 진짜 상류층은 좀 고민이 될 것 같은데요?

박 앞부분에 말씀했듯이, 그래서 진짜 상류층은 거꾸로 '소박함' 으로 내려왔어요. 하지만 그들은 소박하게 입고 허름한 집에서 순 두부찌개를 먹어도 원래 명성이 있으니까 딴 사람들이 보고 "아, 저 사람! 사실은 재벌 아무개야. 재벌이 저렇게 소박하게…" 하고 알아봐 주지요. 존경심까지 곁들여서. 하지만 보통 사람들은 검소 하게 입고 소박하게 먹어 봐야 알아주는 사람 아무도 없습니다.

최 히야, 그러면 사치의 개념 자체가 달라지겠군요! 비싼 게 사치 품이 아니다—

박 바로 그겁니다. 사치품은 말하면 희소재잖아요. 다이아몬드가 왜 비싼가요? 아주 희소하기 때문이죠. 사치품은 희소재라는 그 개념이 바뀌었어요. 재벌들한테 사치품은 이제 아무나 가질 수 있 는 다이아몬드가 아니라, 순두부나 해진 구두예요.

재화뿐이 아닙니다. 상류층은 재화와 시간을 소비한다고 했지 요? 시간도 사실은 희소재예요. 사실 시간이 없어서 우리는 많은 일을 못 하잖아요. 과거에는 여가, 한가한 시간이라는 건 상류층 의 전유물이었어요 상류층만이 한가하게 마음대로, 놀고 싶으면 놀고 잠자고 싶으면 잠자고, 운동 하고 싶으면 하고 여행 가고 싶으 면 갈 수 있었어요. 20세기 초반을 배경으로 한 영화들 보면 돈 많 은 부자들이 호화 열차를 타고 여행 가는 장면이 흔히 나오죠. 고 풍스러운 여행가방을 하인들이 기차에 실어 주고. 루이비통이 그 때 시작됐다고 하죠. 중산층 이하부터는 당연히 그렇게 못 하죠.

여가는 상류층의 전유물이었어요. 그 시절에는 중간계층 이하 사람들은 여가니 바캉스니 하는 걸 즐길 수가 없었어요. 사회적 신분의 내면화라고 할까, '우리 주제에 무슨…' 하면서 꿈도 꾸지 않았어요. 그런데 사회 전반의 생활수준 향상으로 중간 이하 계층도 사치품을 쓰게 됐듯이, 지금은 여가도 사회 전반에 널리 퍼졌어요.

최　맞아요. 일단 노동시간 자체가 예전보다 많이 줄었어요. 저희 젊을 때만 해도 토요일까지 근무했는데 지금은 주 5일제가 됐고, 어떤 회사들은 4.5일제나 4일제로 가는 실험도 하고 있지요.

박　바로 여기서 베블런의 이론을 뒤집는 결정적인 반전이 일어납니다. 보드리야르가 발견한 건데요, 결론부터 말하면 여가는 이제 더 이상 상류층의 전유물이 아니라는 겁니다. 시골에 사는 어르신들도 자식들이 보내 줘서 효도관광 가죠. 동남아나 그 화려한 유럽 여행, 다들 하고 오셨습니다. 이제 국내여행은 기본이고 해외여행도 더 이상 상류층의 전유물이 아닙니다. 여행을 다니면 '나도 이제 상류층이 됐어' 하는 기분을 느낄 수 있지 않겠습니까? 열심히 사치품을 써야지, 하듯이 여행도 열심히 다니고 스포츠도 열심히 해야지, 마치 의무처럼요. 그렇다면 베블런이 이름 지은 '유한'계급이라는 말 자체가 폐기될 판이에요.

최　시간이 남아돈다는 게 상류층만이 누리는 게 더 이상 아니니까—

박　네. 희소재인 시간의 개념이 바뀌어서 이제 더 이상 여가가 상류층의 전유물이 아니에요. 한 술 더 떠서, 중간 이하 계급이 상류층을 모방해 여가를 즐기는 게 또 하나의 '노동'이 돼 버렸어요. 그것도 힘든 노동이. 해외여행이 재미있고 기대 되는 건 사실이지만, 또 한편으로는 굉장한 스트레스인 것도 사실이죠. 여행사 알아보고 여행 준비하는 것도 힘들지만, 관광 일정 소화하는 것 자체가 매우 힘든 일입니다. 엄청난 거리를 걸어서 역사 유적지도 가보고, 유명한 성당도 박물관도 가 보고, 생각하면 참 힘든 일입니다. 좀 피곤하다고 호텔에서 쉴 수도 없어요. 비싼 경비 들여 해외까지 나왔는데 그 아까운 시간을 호텔 침대에 누워 보낸다는 건 엄청난 죄의식을 동반하는 낭비 아니겠어요?

최 맞아요. 저도 가족여행 한번 가면 힘드는 게 말도 못 합니다. 운전 다 제가 해야 되지요, 짐 다 제가 날라야 되지요, 어디어디 식당 예약까지… 엄청난 노동입니다.

박 또 지적 수준도 높아졌으니까 유럽 어느 도시의 어느 성당을 가면 그 건물은 언제 지어졌고 건축 양식은 무엇이고, 거기서 일어난 역사적 사건은 무엇이고… 이런 공부까지 미리 하고 가지요. 그러니 얼마나 힘들어요.

최 구구절절이 동감입니다! 애들한테 여기는 뭐 하는 곳인데 여기서 누가 태어났고, 이런 걸 다 설명해 줘야 되니 공부를 하고 가야 한다는 강박이 있어요. 진짜 여가가 아니라 노동이지요.

박 노동도 아주 제대로 노동입니다. 그렇게, 쇼핑을 하거나 사치품을 소비하는 게 욕구 충족을 위한 '향유', 인조이(enjoy)가 아니듯이, 여가도 이제는 그냥 단순히 '인조이'하는 대상이 아니게 됐어요. 의무적으로 하는, 차라리 노동이 됐어요. 여름 휴가철 생각해 보세요.

최 고속도로가 주차장 되고…. 지금은 좀 덜하지만요.

박 코로나 때문에 꼼짝 못 해서 그렇지, 2년 전만 해도 휴가철 다가오면 직장 동료들이 "휴가 어디로 가?" 하고 묻잖아요. 그때 진짜로 방콕쯤 간다고 "방에서 콕하고 있어" 이러면 뭔가 부끄럽죠.

최 그런데 요즘은 '워라밸'이라고 해서, 어디 먼 데 가는 것보다도 자기가 하고 싶은 걸 하면서, 심지어 호캉스라고, 호텔에서 그냥 푹 쉬기도 해요.

박 비싼 여가죠. 아까 사치품의 역전은 말했듯이, 여가 개념도 그렇게 역전된 겁니다. 과거에 상류층이 사치품을 과시적으로 소비하다가, 이제는 아래 계층이 전부 하니까 "나는 이제 그거 말고 소박한 생활을 즐겨" 하듯이, 그전에 상류층만 하던 해외여행, 스포츠 같은 걸 아래 계층도 다 즐기게 됐으니까 상류층은 "나는 여가가 없어. 쉴 시간이 없어" 하겠죠?

최 그러고 보니, 말만 그런 게 아니라 CEO들은 정말 바쁘기도 해요!

오늘날의 상류층은 '무한(無閑)'계급

박 말만 그런 게 아니라 실제로 시간이 없죠. 그러니까 120년 전에 베블런이 상류층은 유한계급, 한가한 사람이다, 일을 하지 않고 먹고 놀 수 있는 사람이라고 한 말은 은제 틀린 얘기가 됐어요. 마크 저커버그나 제프 베이조스 같은 부자들은 사실, 지금부터 일하지 않아도 평생, 아니, 죽은 다음에도 후손들이 다 못 쓸 만큼 어마어마한 재산을 이미 가지고 있어요. 그래도 일을 해요. 그냥 하는 게 아니라, 죽도록 바쁘게 일해요. 왜 그럴까요?

이제는 일, 노동이라는 게 상류층의 지표가 됐기 때문입니다. 지금은 여가와 자유시간이 보편적인 것이 됐어요. 여가를 즐겨야 한다는 생각은 거의 강박적, 의무적으로 됐어요. 여가조차 의무가 됐다면, 그렇다면 의무인 여가를 덜 쓰는 게 차라리 특권이 되겠죠? 그래서 오히려 여가를 쓰지 않고 바쁘게 일하는 게 상류계급의 특권이 됐습니다. 그러니까 노동이 상류층의 징표로 승격….

최　아주 재미있는 분석인데, 저는 선뜻 동의하기 힘드네요.

박　죄송합니다만, 지금 물론 상류계급 아니시죠?

최　부끄럽습니다만… 네!

박　그런데 일을 열심히 하시고요. 오히려 젊은 사람들 중에는 "나는 그냥 워라밸 맞추고 욜로(YOLO)로 살래!" 이러면서 그냥 편안히 먹고살기만 하면 된다고 생각하는 사람 많은데요.

최　그래서 심지어 결혼도 마다하고 애도 안 낳고요.

박　그렇죠. 하지만, 결국은 일을 열심히 하는 사람이 자기 분야에서 성공하게 되겠죠? 돈을 더 많이 벌 수 있는 건 물론이고, 반드시 돈이 많지 않더라도 명성을 얻을 수도 있고요. 그게 결국 상류계급 아닌가요? 지금 일을 열심히 하는 사람들이 일을 하지 않는 사람들보다 나중에 상류계급이 될 개연성이 매우 높다—

최 하지만 노동이 상류층의 징표라고 하셨으니, 나중에도 이렇게 일을 많이 해야 한다는 건 슬픈데요. 그냥 일을 조금 하면서 이 생활을 유지할 수 있으면 좋겠는데.

박 그건 어디까지나 여전히 일을 많이 한다는 걸 전제하고, 다만 쉴 틈은 좀 더 있었으면 좋겠다는 거지, 아주 일이 없이 베블런 시대의 유한계급처럼 맨날 놀기만 하는 걸 좋아하는 사람이 있을까요?

예를 들어 볼까요. 2007년 당시 세계 최대의 사모펀드 회장이고 최고경영자인 스티브 슈워츠먼이라는 사람한테 〈포춘〉지 기자가 "점심은 언제 하시나요?"라고 물어봤더니, "농담이겠죠? 우리는 점심 먹을 시간 없습니다" 하고 대답했어요. 먼 나라 얘기가 아니라 우리나라도, 2005년 당시 GS칼텍스 허동수 회장은 일년중 출장 가서 해외에서 보낸 시간을 합치면 넉 달인데 한번 나가면 숨 돌릴 겨를 없이 움직인다, 지난번에 4박 5일 출장 갈 때는 이틀 밤을 비행기에서 지냈다고 했습니다. 그나마 사나흘 출장이면 으레 주말 끼워서 간다, 주말 쉬고 평일에 출장 가는 게 아니라 주말 끼고, 토요일이나 일요일에 귀국하는 걸로. 요즘 많은 사람들이 "워라밸이 좋아", "기본소득 주면 그것만 받고 편하게 살겠어" 하고 얘기하겠지만, 그 사람들이 마음속으로 정말로 상류계급 되기를 싫어하느냐, 그건 절대 아니라고 봅니다. 실제로 요즘 젊은 사람들은 저커버그나 베이조스 같은 사람 선망하잖아요? 그런데 그렇게 돈이 많은 그 사람들은 분초를 다투어 가면서 바쁘게 일하는 사람들이거든요.

더 가까운 예도 한번 들어 볼까요. 35세 젊은 나이에 CNN 아시아태평양본부장이 된 한국 출신 여성 엘리나 리 인터뷰 기사인데, 자기는 오전 여덟 시부터 자정까지 분 단위로 살인적인 스케줄을 소화한다고 했어요. 미혼인데 하루가 워낙 금세 지나가서 데이트는커녕 혼자 쉴 시간조차도 내기 어렵다고요. 그런데 이 기사에서 유능한 젊은 여성의 '능력과 성공'을 확실하게 입증해 주는 것으로 기사가 주목한 건 그 여성이 입은 옷이나 사는 집이 아니었어요. 분 단위의 살인적인 스케줄을 소화한다, 데이트도 할 수 없을 만큼 바쁘다―

최 그게 성공의 징표라는 거군요.

박 그렇게, 과거엔 여가는 상류층의 것이고 노동은 하층계급만 하는 것으로 알았는데, 오늘날은 그 반대가 됐어요. 베블런은 일하지 않는 것이 사회적으로 존경받는 사람의 지표라고 역설적으로 말했는데, 이제는 노동이 사회적 평판과 명성을 얻는 주요한 참고사항이 됐습니다. 베블런의 유한계급은 힘든 일을 피하는 사람들인데, 이제는 여가가 오히려 중노동이 됐지요? 그럼 상류층답게 힘든 걸, 즉 여가를 기피해야죠. 또 계급이란 '차이'에 의해 정해지는 것인데, 아래 계층이 여가를 즐긴다면 상류층은 그와 차별화하기 위해 여가를 갖지 않는다, 그냥 노동을 하겠다고 결정했어요. 그래서 역설적으로 노동이 여가가 되고 여가는 노동이 됐습니다. 코드의 전환이 이루어진 것입니다. 그래서 우리 사회는 노동 그 자체가 소비되는 역설적인 단계에 도달했습니다.

정리해 볼까요. 소비란 재화, 즉 물건을 소비하는 거였어요. 그런데 이제는 노동이 사치재가 됐습니다. 과다한 업무가 상류층의 지표가 됨으로써 노동은 이제 하나의 사치재, 위세 상품으로 소비되는 시대가 됐습니다. 사람들은 노는 것보다 일을 더 선호하게 됐고, 일의 욕구와 그에 따른 만족이 거의 강박처럼 됐어요.

유한계급부터 이야기를 풀다 보니, 현대에는 오히려 부자들이 아래 계층보다 더 많이 일을 한다는 것을 확인할 수 있었고요, 굳이 부자들을 선망하고 흉내 내서가 아니라 일을 많이 한다는 건 개인적으로 상류계층으로 진입할 확률을 높여 주는 거고, 사회의 발전을 위해서도 좋은 일이죠. 계급적인 편견을 내려놓고 보면 그것이야 말로 자본주의의 진정한 우월성이라고 저는 생각합니다.

최 좌파는 마치 노동이 사람을 불행하게 만든다, 당신들은 착취 당하고 있다는 등등의 얘기로 선동하고 있는데, 오히려 자본주의 사회의 끝판왕인 재벌들은 사치를 안 하고 더 소박하게 가고 있고 더 힘들게 일하고 있다 — 그러니까 좌파들이 떠드는 건 베블런 책에나 나오는 20세기 초의 낡은 얘기고, 우리가 살고 있는 시대는 이미 21세기로 넘어와서도 20년이나 지났는데 구시대 이념을 가지고 사람들을 속이고 있는 거군요.

자, 오늘도 이렇게 박정자 교수님 모시고, '소비와 계급'에 대해 말씀 나눴습니다. 자본주의 초창기였던 20세기 초와 지금 21세기 사회는 어떻게 달라졌는지, 소스타인 베블런과 장 보드리야가 등장했습니다. 이 현상을 분석하는 이론도 어떻게 달라졌는지 짚어 봤습니다. 우리 시대에 상류층이란 누구인가, 그들은 어떤 삶을 살며, 이 시대에 노동의 가치란 무엇인가를 새롭게 깨닫는 기회가 됐습니다. 잔잔하게 말씀하시는 것 듣다 보니 한 시간이 훌쩍 넘었는데, 변함없이 함께해 주신 시청자 여러분, 고맙습니다. 어? 팬앤드 시청도 노동이라고요? 노동이 좋은 거라니까요. 노동이 사치재인 시대, 팬앤드마이크 시청하는 중노동을 사서 하시는 재벌, 상류층 시청자 여러분 축하합니다. 오늘도 우리의 머릿속을 꼭꼭 채워 지식 부자로 만들어 주신 박정자 교수님, 감사드립니다. 그럼 다음 주 강의를 고대하겠습니다.

4

인문학으로 풀어 보는 선물

최대현　매주 금요일마다 찾아뵙즌 인문학 특강, 박정자 교수님 모시고 '인문학적 감성으로 세상 보기'의 새로운 눈을 계속 깨우쳐 가고 있습니다. 지난주 '소비와 여가' 강의에 대해 김천부 님은 "좋아요를 천 번 만 번 누르고 싶다"고 하셨는데, 좋아요는 한 번만 누르시면 됩니다. 그리고 송병부 님, "진심으로 많이 배우고 있다"고 하셨고, 한내이 님은 "강의를 쭉 듣다가 한 50분쯤부터 엄청난 반전이 오더라" 하셨어요. 그래서 제가 50분쯤에 어떤 내용이었나 다시보기 했더니 부자들, 그러니까 상류층 사람들이 오히려 더 눈코 뜰 새 없이 바쁘다, 그래서 분주함이 상류층의 특권이 됐다, 예전에는 시간과 돈을 낭비하는 게 상류층의 특권이었는데 현대에는 오히려 검소하고 굉장히 바쁘게 일하는 것이 부유층의 특권이다, 이런 내용이더군요. "굉장한 반전이다, 세상을 다르게 보는 시각을 갖게 됐다"고 하셨는데, 맞습니다. 저도 푹 빠져 들다 보니 세상을 이렇게 이해할 수 있구나 하는 생각을 갖게 됐습니다.

그럼, 오늘도 인문학 감성에 푸욱 빠져서 세상을 바라보실 준비들 돼 있으신가요? 박정자 교수님 모시겠습니다.

지난주에 있었던 가장 큰 사건 중 하나가, 박영수 전 특검이 포르쉐라는 고급 외제차를 본인은 렌트했다고 하고, 평생 외제차 못 타 본 아내한테 선물로 줬다고도 하고, 글쎄요, 어느 게 참말이고 어느 게 거짓말인지⋯. 선물과 뇌물, 인문학에서도 이런 걸 분석한 게 있나요?

박정자 사람 사는 얘기가 인문학인데요, 당연히 있지요. 그런데 순수한 선물이라는 건 없죠, 사실은.

최 선물은 없다?

박 물론 순수한 소녀들, 이를테면 여고생들이 친구랑 교환하는 선물이라든가, 부모님이 자식한테, 자식이 부모님한테 드리는 이런 선물이야 순수한 거죠. 그런 것 빼고는 순수한 선물은 없습니다.

최 박영수 특검 얘기 때문에 '이게 선물이야 뇌물이야?' 하고 고민을 좀 해 봤는데, 처음부터 엄청난 반전이군요. 계속 들어 볼까요?

박 선물은 말 자체가 달콤하지요. 소녀적인 감성이랄까, 아무튼 선물이란 그저 아름답고 따뜻한 것으로만 알지만, 사실 선물에도 들여다보면 엄격한 법칙이 있고, 그 아래 냉정한 권력의지가 숨어 있습니다.

최 법칙에다 심지어 권력의지까지요!

박   네, 선물은 권력과 아주 밀접한 관련이 있습니다. 선물을 주고 받는 관행을 자세히 들여다보면, 우선 주는 사람과 받는 사람, 주는 행위와 받는 행위가 있습니다. 선물은 주고받는 거잖아요. 그런데 선물을 받으면 그냥 "고마워" 하는 걸로 끝나지 않지요? 받은 사람은 준 사람에게 다시 다른 선물을 되돌려주어야 하는데, 그 선물은 전에 받은 것보다 더 비싸고 더 고급이어야 합니다. 이게 선물의 기본적인 규칙입니다. 물론 부모 자식이나 친한 친구 같은 순수한 사이에서는 괜찮은데, 보통의 사회생활에서는 선물이란 언제나 받으면 다시 답례하는 것, 즉 급부(給付)와 반대급부를 기본으로 합니다. 반대급부란 결국 '대가성'이라는 말이죠.

최   대가성이 있는 선물은 뇌물 아닙니까?

줄 의무, 받을 의무, 답례할 의무

박   맞아요. 선물과 뇌물에는 구분이 없습니다. 선물은 '주기-받기-답례하기' 3단계로 돼 있는데, 이건 엄격하고 강제적인 의무입니다. 흔히 선물은 자발적으로, 아무나 서로 하는 것처럼 생각하지만 사실 선물에는 의무가 따라요. 우선 돈이 많거나 윗자리에 있는 사람이라면 아랫사람에게 선물을 '줄 의무'가 있어요. 두 번째로, '받을 의무'도 있습니다. 윗분이 내려주면 받아야죠. 아니, 윗사람 아니라 동등한 관계라도, 누가 선물을 주는데 안 받는다는 건 관계를 끊겠다는 거죠. 그러니까 선물은 누군가가 나에게 주면 반드시 받아야 한다는 의무가 있습니다. 받았으면 그다음 세 번째로, '되돌려 줄 의무'가 있어요. 그것도 좀 더 좋은 선물로 답례해야 한다는. 그러니까 선물은 감성적인 외관과 달리 아주 엄격한 의무가 따르는 냉정한 관행입니다.

이상은 마르셀 모스(Marcel Mauss)라는 프랑스 인류학자의 이론인데요, 1925년에 나온 『증여론(Essai sur le don)』이라는 책입니다. 영어판은 아예 제목이 『선물(Gift)』이네요. 아메리카 선주민의 부족 의례인 '포틀라치(potlach)'를 연구하고 쓴 책입니다. 포틀라치 의례를 관찰해 보니까, 거기에 아주 엄격한 '선물의 법칙'이 있더라는 거예요. 그리고 그 선물의 법칙은 원시사회뿐 아니라 문명화된 서구 사회, 나아가 모든 인간사회에 두루 적용되는 법칙이더라는 것이죠. 마르셀 모스의 이런 관찰은 현대의 많은 학자들에게 영향을 끼쳤습니다. 예를 들어 인류학자 레비스트로스는 부족 간의 교환 체계 개념을, 사회학자 부르디외는 아비투스 개념을, 또 푸코는 신체의 테크놀로지 개념을 모두 마르셀 모스에게 빚지고 있습니다.

일반적인 선물 교환을 생각해 볼까요? 원시사회건 고대사회건 현대 문명사회건, 모든 사회에서 개인 간 또는 집단 간에는 으레 선물이 오고갑니다. 선물 교환은 원시시대부터 지금까지 온갖 사회를 지탱해 준 기본 원칙이었습니다. 이런 때는 이런 선물을 주고, 저런 때는 저렇게 선물을 받고 하는 식으로 모든 예의범절, 물건이 오가는 경제적 거래, 사법적인 관계, 미학적인 관계, 종교적이고 신화적인 관계의 밑바탕에 이 규칙이 깔려 있습니다. 이 교환 체계에 의해서 한 사회가 유지되고, 사회적 결속력이 더욱 강화됩니다. 선물을 주고받지 않는 인간 집단을 상상할 수 있겠어요? 아무것도 서로 주지도 않고 받지도 않는 개체들이 함께 모여 있는 사회를 인간사회라고 할 수는 없지요. 사실은 사회라는 것 자체가 벌써 선물의 교환을 전제로 하고 있습니다. 선물을 주고받는 체계에 의해 사회는 유지되고 결속력이 강화되는데, 이때 선물에는 반드시 물건, 재화만이 아니고 품앗이로 일을 해 준다는가 하는 용역, 즉 서비스의 교환도 있습니다. 나아가 감정의 교환도 있어요. 주변 누군가 상을 당하면 가서 같이 울어 주고, 누가 결혼하면 가서 같이 기뻐해 주고, 이런 감정의 교환에도 선물의 법칙이 적용됩니다. 친구가 상을 당했을 때 내가 가서 슬퍼해 줬으면 그쪽 친구도 언젠가 내가 상을 당했을 때 와서 애도해 줘야지요? 우리가 남의 결혼식이나 장례식 같은 경조사 챙기는 것, 다 선물 교환, '급부와 반대급부'라는 공식 안에 들어가는 겁니다. 선물 받고 나서 가만히 있으면 안 되고 반대급부로 반드시 답례를 해야 한다면, 그게 바로 대가성이죠. 만약 주고받는 쌍방이 고위 관리와 민간 업자라면, 그 답례는 이권의 배분 같은 것이 되겠죠.

선물과 답례, 급부와 반대급부는 자발적으로 보이지만, 실제로는 엄격한 의무 위에서 이루어지죠. 답례 의무를 이행하지 않으면 사적으로건 공적으로건 큰 싸움이 일어나요. 선물을 줄 의무, 주면 반드시 받을 의무, 받았으면 반드시 되돌려줄 의무, 이 3대 의무는 절대적입니다 재화뿐 아니라 서비스나 감정도 교환된다고 했죠? 감정의 교환이 '환대'인데, 이를테면 사람을 초대해서 음식을 대접하고 같이 즐거운 시간을 갖는 것, 이런 환대 역시 선물입니다. 사람들을 초대해서 같이 즐거운 시간을 갖자고 하는데 초대받은 사람 중 누군가가 "나는 싫어, 안 가" 라고 하면 초대한 사람이 기분 나쁘겠지요? 초대를 거부한다는 것은 바로 전쟁을 선언하는 것과 같습니다. 감정의 교환도 마찬가지죠. 누군가 반갑다며 얼싸안으려고 다가오는데 팔짱 끼고 거리를 둔다면 굉장히 무례하고, 거의 도전이잖아요. 개인이나 집단 사이뿐 아니라 국가 간에도 마찬가지예요. 이 나라에서 저 나라에 무슨 호의적인 제안을 하거나 뭔가를 주려고 하는데 그 나라에서 안 받겠다고 하면 두 나라 관계가 적대적으로 됩니다. 제가 기억이 불확실한데, 언젠가 문재인 대통령이 외국 정상의 케이크 선물을….

최　아, 2018년에 문 대통령이 일본 가서 정상회담 하는데, 오찬 때 당시 아베 총리가 문 대통령 취임 1주년 축하한다며 케이크를 권하니까 문 대통령이 "이가 안 좋아 단 것을 잘 못 먹는다"고 거절한 사건이 있었지요.

박　굉장히 무례한 대꾸였죠. 심지어 그것 때문에 한일관계가 틀어졌다는 얘기까지 있잖아요?

최　아, 선물을 안 받았다간 전쟁도 일어날 수 있다는 말씀이 이제야 좀 이해가 되네요.

박　마르셀 모스가 관찰한 포틀라치 이야기를 해 볼까요? 북아메리카의 로키산맥과 태평양 해안 사이에 사는 부족들에 겨울이면 포틀라치라는 축제가 있어요. 어떤 식의 축제냐 하면, 그냥 서로 선물을 교환하는 거예요. 그런데 그냥 선물 교환 정도가 아니라, 과도해 보이도록 경쟁적으로 선물이 오고갑니다. 이쪽이 선물을 하면 저쪽은 답례로 더 좋은 선물을 주고, 그럼 또 이쪽도 지지 않으려고 더 값비싸고 많은 선물을 주고….

최　왜 축제를 그렇게 합니까?

박　그냥 게임, 놀이로요. 그래서 축제인데, 선물 주고받기를 서로 경쟁적으로 하다 보니까 나중에는 서로 완전히 망할 때까지 끊임없이 선물을 줍니다. 마지막엔 마치 "당신네 답례 따위는 받지 않아도 될 만큼 나는 부자야"라는 걸 과시라도 하듯, 온갖 값나가는 물건들을 그냥 파괴해 버립니다. 생선 기름, 고래 기름, 담요 같은 걸 막 버리는 거예요. 동판 같은 중요한 기념물도 막 버리고 파괴하고, 나중에는 자기네 집까지 부숴요. 더 극단적인 경우로 하인을 죽이기까지 했습니다. 옛날엔 노예를 사람이 아니라 물건으로 취급했잖아요? 노예를 죽인다는 건 극단적인 재산 파괴인 거죠.

최　그야말로 선물 주고받다 망하겠군요. 도대체 왜 그런 짓을 하죠?

박　다름 아닌 경쟁입니다. 낭비의 경쟁. 그런데 마르셀 모스는 여기에 엄격한 의무가 있다는 것을 발견했어요. 첫째, 상대 부족에게 선물을 주어야 한다는 의무, 둘째, 상대방이 선물을 주면 반드시 받아야 한다는 의무, 셋째, 선물을 받았으면 반드시 더 좋은 선물로 답례해야 한다는, 앞서 말씀드린 세 가지 의무가 그것입니다. 경쟁적으로 선물을 준다는 것은 결국 자기 편의 존재감이나 강함을 과시하기 위한 것이죠. 그래서 이 게임의 규칙에는 '명예' 관념이 들어가 있습니다. 상대방이 내게 준 선물보다 더 귀중하고 값비싼 것으로 답례할수록 나의 명예와 권위가 올라가는 겁니다. 원시 부족의 추장이 재산을 열심히 모으는 건 바로 그렇게 '낭비' 하기 위해서, 다시 말하면 남들에게 주기 위해서죠. 남들에게 선물을 주면 자기의 지위가 점점 올라가니까.

그런데 우리 문명사회에서도 돈을 번다는 건 사실 어느 만큼은 그런 거잖아요? 사치를 위한 사치가 아니라, 돈을 마음대로 써서 남들이 나를 존경하고 우러러보도록 하기 위해, 그리고 그런 것을 즐기기 위해 돈을 벌죠. 그렇게 보면 포틀라치는 그냥 순수한 낭비가 아니에요. 동판을 바다에 던지고 기름을 막 쏟아 버리고 한다는 건 결국 자신의 권력을 더 높이기 위한 것이죠. 미치광이 같아 보이는 소비나 낭비는 결코 사사로운 동기나 욕심이 없는 무사무욕(無私無慾)이 아니라, 언제나 치밀한 의도와 계산이 깔려 있는 겁니다.

최   당신보다 내가 더 부자다, 이런 걸 과시하기 위해 더 좋은 걸 주고, 그러면 저쪽에서 또 질세라 하고 더 좋은 걸 주고…. 우리 사회에도 그런 게 조금은 있는 것 같습니다.

박   네, 지금도 있지요. 포틀라치의 규칙은 지금 현대사회에도 그대로 있습니다. 누가 가장 부자냐 하는 걸 보여 주기 위해 미친 듯이 낭비하는 거죠. 요즘은 거의 없어졌지만, 일이십 년 전만 해도 결혼식 전에 신부댁에 함을 보내는 게 그런 것 아니었습니까. 모스가 말한 것처럼 모든 시대, 모든 사회에는 그런 엄격한 선물의 규칙이 작동되고 있습니다.

미친 듯한 낭비는 현대사회의 축제에서도 찾아볼 수 있어요. 남미의 카니발, 화려하고 파괴적이잖아요. 정치적 시위 현장도 마찬가집니다. 프랑스 농민들은 걸핏하면 토마토나 감자 같은 농산물을 가득 싣고 와서 도로 위에 짓뭉개 버립니다. 우리나라 시위 현장에서도 경찰차만 때려부수는 게 아니라 가끔 농작물 쌓아 놓고 불 지르고 하잖아요? 우리는 이런 것 중요하게 생각하지 않는다, 우리에게는 더 큰 대의가 있다, 이런 걸 보여 주기 위한 파괴죠.

이런 낭비 경쟁은 이렇게 해석할 수 있습니다. 우선, 모든 사람들이 자신은 굉장히 관대하고 후한 사람이다, 그래서 상대방에게 내 물건을 아낌없이 준다, 이런 게 하나 있고요. 또 하나는 내가 그만큼 부자다, 돈이 많은 사람이니까 이렇게 낭비해도 아무런 타격이 없다는 것을 보여 주기 위한 것이죠.

최 방금 댓글창에, "그러면 정부가 재난지원금 주는 것도 선물인가요?" 하고 올라오니까 곧바로 다른 시청자께서 "네, 고통을 담은 선물입니다"라고 답하시네요.

선물은 권력·지배·위세의 징표

박 당연히 연상하시는군요. 재난지원금은 제가 끝부분에서 얘기하려고 한 건데…. 말씀이 나왔으니 말인데, 선물을 받는 사람보다 주는 사람이 더 많은 권력을 가진 사람이잖아요. 그래서 포틀라치의 답례의 규칙은 "내가 당신한테 종속되지 않겠다"는 의지의 표현이라는 겁니다. 누군가 내게 선물을 준다는 건 그가 나보다 우위에 있는 게 되고, 그걸 더 큰 답례로 막지 않으면 나는 그에게 종속됩니다. 그래서 사람들은 선물을 받으면 부담스러워 하고, 받은 선물보다 더 큰 선물로 답례하려 하는 겁니다. 내가 그에게 종속되지 않기 위해서요.

그런데, 우리나라 재벌들은 세금도 많이 내고, 여기저기 기부도 많이 하고 후원금도 많이 냅니다. 그래도 근로자들은 재벌에게 고마워하고 종속되기는커녕 조롱하고, 더 격렬하게 비판하고, 심지어 욕설까지 퍼부어요. 그건 또 왜 그럴까요? 그건, 그들이 직접 사람들에게 돈을 주지 않기 때문입니다. 세금으로 걷든 후원금으로 뜯든, 실제 돈을 주는 건 문재인 정부예요. 마치 자기 돈인 것처럼요. 사람들은 그 돈이 어디서 나왔는지는 상관없습니다. 그냥 가시적으로 눈앞에서 돈 나눠 주는 정부가 고마운 겁니다. 이게 포퓰리즘이죠.

최 그래서 대통령이랑 여당 지지율을 올라가는데, 사실 그 돈은 딴 데서 나온 건데 말입니다.

박　그렇게 포틀라치의 법칙은 우리 사회에서도 엄연히 유효합니다. 다만, 돈 받는 사람들이 그 돈이 어디서 나왔는지는 알 바 없이 문재인이 준다고 생각하는 게 문제입니다. 재난지원금만 해도 결국은 내 주머니를 털어서 문재인의 손을 거쳐 다시 나한테 오는 건데 그걸 고맙다고 생각한다면 참 어리석지요. 만일 자기는 세금을 내지 않는 계층이어서 "부자의 돈은 당연히 좀 빼앗아서 가난한 사람들에게 줘야지"라고 세뇌됐다면 그 좌파적 사고가 문제고요. 이런 사회에서는 아무리 돈을 내놓아도 부자는 전혀 우위에서 있지 못하고 욕만 먹게 됩니다.

　　다시 계속해 보면, 선물이란 결국 권위를 획득하기 위한 수단, 권력의 수단이다—

최　그리고 선물을 받기만 하고 되돌려 주지 않으면 나는 그 준 사람에게 종속된다. 내가 그에게 종속되지 않으려면 나는 더 큰 선물을 주어야 한다—이게 포틀라치군요.

박　그렇습니다. 모스가 관찰한 북아메리카 선주민 사회에서 추장은 자신의 권력과 위세를 위해서, 그리고 자기 아들 딸 사위 등 후손이나 조상들을 위해서 그렇게 후하게 관대하게 여러 사람들에게나 다른 부족들에 물건들을 선물하는 겁니다. 자기에게 신의 가호가 있다는 것을 보여 주기 위해서, 재산을 많이 보유하고 있다는 것을 보여 주기 위해서 그렇게 미친 듯이, 파괴에 이를 정도로 낭비합니다. 물건 파괴뿐만 아니라 환대도 있습니다. 우리도 옛날에 그런 게 많았는데, 큰 잔치를 베풀어서 다른 부족 사람들을 초대하는 거죠. 그리고 거기에도 역시 엄격한 규칙이 있습니다. 잔치에 초대할 때에는, 초대를 받을 자격이 있는 사람들은 하나도 빠짐없이 다 초대를 해야 된다는 겁니다. 예를 들어 돌잔치라면, '내가 그 집하고 친해서 나는 반드시 그 집 돌잔치에 초대받을 거다' 하고 생각할 만한 사람은 빠짐없이 초대해야 돼요. 그중에서 한 사람이라도 빠뜨리면 굉장히 위험하게 됩니다.

북아메리카 민담에, 그런 의무를 소홀히 했다간 불행한 결과가 생긴다는 얘기가 있어요. '침시아족'의 어떤 추장 딸이 시집가서 아이를 낳아 가지고 왔어요. 그런데 아이가 사람이 아니고 수달이에요. 그래도 외손자니까 할아버지인 추장은 그 수달이 잡아 온 물고기를 가지고 음식을 장만해서 성대하게 잔치를 베풀었어요. 다른 추장들을 다 초대해서 음식을 먹으면서 "이건 우리 손자인 수달이 잡아 온 생선으로 만든 걸세. 그런데 아이가 사람 모습이 아니라 짐승의 모습을 하고 있으니까 혹시 당신들이 잘못 알아서 죽일 수도 있어. 절대 그러면 안 되네, 이건 내 손자니까. 만약 밖에서 만나면 절대로 죽이지 말고 보호해 주게" 이렇게 말했어요. 그런데 실수로 어떤 추장 한 명을 초대에서 빠뜨렸어요. 그러니까 그 초대받지 못한 추장이 기분 나쁘잖아요. 그래서 언제 바다에 나가 물고기를 잡을 때 수달을 발견하고는 그 수달을 죽였어요. 그러자 수달의 어머니인 추장의 딸이 너무나 상심해서 슬피 울다가 죽었다고 합니다. 그때부터 침시아족은 아이를 낳으면 반드시 성대하게 잔치를 베풀되, 모든 사람을 빠짐없이 초대한다는 민담입니다.

초대할 때는 누구라도 빠뜨리면 굉장히 위험하다, 이것 역시 선물 교환의 한 원칙이죠.

최 반드시 수달이 아니더라도, 시사하는 바가 크네요. 그런데 초대 빼먹어서 비극적인 일이 벌어진다는 얘기는 유럽 동화에서도 이따금 본 것 같아요.

박 귀에 익은 얘기죠? 바로 오로라 공주, '잠자는 숲속의 미녀' 동화가 그 얘기예요. 왕과 왕비가 오래 자식이 없다가, 공주가 태어나니까 성대한 잔치를 벌였어요. 요정들까지 다 불렀는데, 요정 하나는 어떤 탑에 들어가 있어서 살았는지 죽었는지 최근에 소식이 없어서 초대를 못 했어요. 자신이 잔치에 초대받지 못한 걸 안 요정이 화가 나서 달려왔더니 왕과 왕비가 당황해서 빨리 음식을 대접하라고 명령을 내렸어요. 그런데 앞서 초대한 요정은 일곱 명이라서 금으로 만든 식기를 준비한 게 일곱 개뿐이라 금 식기가 아닌, 요즘 같으면 스테인리스나 이런 식기에 음식을 내주었어요. 요정은 당연히 기분이 나빴겠죠. 식사가 끝난 뒤, 초대받은 모든 요정들이 한 사람씩 돌아가면서 공주한테 축복을 해 주는데, 이 초대받지 못한 요정은 마지막으로 축복이 아니라 저주를 합니다. "공주가 열일곱 살쯤에 물레에 찔려 죽을 것이다." 그런데 요정 하나가 숨어 있다가 제일 마지막에 나와서, 공주가 죽는 대신에 잠을 자는 걸로 저주의 내용을 바꿨어요. "진실한 첫 입맞춤만이 공주의 잠을 깨울 것이다."

최 초대하지 않으면 위험해진다, 아까 북아메리카의 민담이랑 구조가 똑같군요.

박 우리나라에서 아기 생후 1년에 돌잔치 하는 것도 이런 데 기원이 있지 않은가 생각됩니다. 잔치를 벌여 손님들을 대접하고, 이 아이가 컸을 때 여러분들이 도와 달라는….

최 그럴 수도 있겠군요. 그런데 쉽게 주고받는 선물에 이렇게 엄격한 규칙이 있다면, 선물이란 알고 보면 굉장히 부담스러운 거잖아요. 교수님 말씀 들으면서, 저는 살면서 선물을 받으면 과연 제대로 답례를 했는지 무서워지네요. 부담스럽지만 안 받을 수도 없는 선물도 많았고요.

박 일단 안 받으면 큰일 나죠. 그래서 받기는 하는데, 자기도 그게 못지않다는 걸 보여 주기 위해 다시 그만하거나 그 이상의 환대와 물건으로 답례를 하거나, 비슷한 가치를 가진 물건을 스스로 파괴하거나 —

최 나는 물건 같은 데 관심이 없다는 식으로요. 그렇게 답례나 파괴를 하지 않으면 체면과 명예를 잃는다는 말씀이군요.

박 그래서 선물에는 권력의지가 들어 있다는 겁니다. 선물이나 파괴를 통해 내가 다른 사람보다, 우리가 다른 부족보다 더 우월한 지위에 오르겠다는. 그러니 거기에 답례하지 않으면 내가 상대방에게 종속된다는 것을 인정하는 게 되는 겁니다.

최 아까 말씀 중에 차별화의 징표로 '신의 가호'를 증명한다고 하셨는데, 어쩌면 절대왕정의 왕권신수설(王權神授說)과도 상통하는 면이 있을지 모르겠어요.

자, 박영수 전 특검이 수산업자한테서 포르쉐 자동차를 무상으로 빌렸다는 데서 시작해 여기까지 왔는데, 그럼 이 경우는 수산업자가 박영수 특검보다 지위가 높아진 건가요?

박　아니요, 정반대로, 권력이 더 많고 지위가 더 높은 박영수 특검 쪽에서 '받은 이상의 답례'를 할 것을 바라고 한 거겠죠.

최　결국 반대급부를 바라고, 그러니까 대가성 있는 선물이군요. 내가 한 100 정도 주면 저 사람은 나보다 더 힘있는 사람이니까 100에 더해서 150이나 200을 나에게 돌려줄 것이다 하는…. 포틀라치의 법칙이 딱 들어맞는 경우네요.

공짜 점심은 없다

박　네, 내가 이만큼을 주면 저쪽은 내게 더 많이 줄 것이다, 이런 걸 당연히 기대했겠지요. 뭔가 영향력을 행사할 권력을 소유한 사람들, 예컨대 정치인이나 공무원, 언론인 등등에게 아무 사심 없이 선물을 줬다는 건 —

최　선물이 아니고 뇌물이다?

박　그 정도가 아니고, 선물과 뇌물의 구별 자체가 없다는 겁니다. 순수한 친구 사이가 아니고서야, 업자가 고위 공직자에게 순수한 선물을 준다? 말 자체가 형용모순입니다. 그럴 수가 없어요.

최　모든 선물에는 '의도'가 있다는 말씀이군요.

그럼, 경조사 같은 때 상호부조하는 우리 미풍양속은 어떤가요?

박 '시차'가 있는 증여라고 하면 어떨까 싶군요. 포틀라치 축제에서, 선물을 주면 즉각 저쪽에서도 선물을 줘요. 하나를 주면 금방 다른 하나가 돌아오죠. 그 시간간격이 굉장히 짧아요. 이렇게 즉시 주고받을 수 있는 선물이 있는가 하면, 그럴 수 없는 게 있어요. 경조사 말씀하셨는데, 예를 들어서 상을 당하면 부의금을 받잖아요? 이것 역시 선물, 증여입니다. 단, 금방 답례할 수 없는 증여예요. 부의금을 낸 이가 상을 당해야만 갚을 수 있는. 결혼식도 마찬가지죠. 나나 우리 집안 결혼식에 누가 와서 축의금을 줬으면 당장 갚을 수 없잖아요.

최 아닌 게 아니라 축의금, 부의금은 장부 만들어서 꼼꼼하게 다 기록해 놓지요. "저번에 저 집에서 10만 원 냈으니까 오케이, 그러면 이번에 나도 10만 원" 이렇게 갚지요.

박 그게 발전한 게 현대사회의 '신용'입니다. 보험이나 사회보장 같은 거요. 매달 얼마씩 내고, 나중에 무슨 일을 당하면 보험회사나 기금이 보상해 주지요. 현대사회의 신용 개념 또한 포틀라치의 선물의 법칙에서 생겨난 겁니다.

원시 부족만의 얘기가 아니라, 17세기 프랑스에도 재미있는 사례가 하나 있어요. 리슐리외라는 유명한 재상(宰相)이 있죠. 그 리슐리외가 자기 아들한테 금화가 가득 든 돈 주머니를 주면서 네 마음대로 쓰라고 했어요. 아들이 그걸 다 못 쓰고 아버지한테 돌려

줬더니 아버지가 돈주머니를 열어 돈을 다 쏟아 버렸어요. "상류층은 돈을 낭비할 줄 알아야 한다, 이렇게 절약해서 남겨 오면 안 된다"는 의미였죠. 포틀라치의 정신과 상통하지 않습니까? 그러니까 부를 낭비한다는 것은 바로 자기의 사회적 지위를 높이는 것이고 권력을 상징하는 겁니다. 요즘 시대에는 더 적나라하게 보이는 현상이죠. 요즘의 슈퍼리치들, 미국의 굉장한 부자들은 돈을 마구 쓰잖아요? 수십억 달러를 들여 호화로운 결혼식을 하고, 결혼 예물의 값은 상상할 수 없을 정도고, 이혼할 때도 엄청난 돈을 떼어 주고….

최 지난주에 재벌의 검소함을 봤지만 그건 바깥 사회를 향해서고, 사실 자기들끼리는—

박 굉장히 사치를 하죠. 사치는 부자의 위신을 보여 주는 거잖아요. 옛날에는 오디세우스나 알렉산드로스처럼 전쟁에서 싸움을 잘하는 전사(戰士)가 영웅이었다면, 현대의 영웅은 돈을 가장 많이 쓸 수 있는, 가장 많이 낭비하는 부자입니다. 해외 토픽 같은 데 보면 부자들은 누가 더 돈을 많이 쓰는지를 경쟁하는 사람들처럼 보이죠. 어떤 부자가 이혼 위자료를 얼마 주었다느니, 일론 머스크가 모집한 우주여행에 얼마나 큰돈을 들여 따라갔느니 하는.

그리고 이런 종류의 교환 체계를 통해 막대한 부가 끊임없이 순환하고 이전됩니다. 포틀라치에서도 그랬고, 현대에서도 그렇고. 그러니까 부자가 돈을 펑펑 쓰는 것, 우리는 낭비한다고 욕을 하지만 사실은 그런 낭비를 통해 산업이 발달하잖아요.

최　실제로 낭비가 없으면 경제 발전도 없지요.

박　부자들이 돈을 쓰지 않으면 아래 계층은 직업을 잃게 되고요. 그러니까 부의 낭비는 그 사회의 부를 더 높여 주는 그런 의미가 있어요.

　　선물 얘기를 이어서 해 볼까요? 선물에는 세 가지 엄격한 법칙이 있다고 말씀드렸죠. 줄 의무, 받을 의무, 답례할 의무. 이건 선물이 가진 권력의지적인 측면입니다. 물론 선물에는 권력의지와 상관없는 순수한 선물도 있어요. 우리도 옛날 촌락공동체 시절에는 동네 부잣집에서 음식을 많이 차려 가지고 사람들을 초대해서 잘 먹이고 같이 즐기고 그랬어요. 이런 환대, 이런 공동체 의식도 말하자면 하나의 선물인데, 그런 행태는 지금 현대사회에 와서는 거의 다 사라졌어요. 전 세계적으로 도시화가 진전된 요즘, 부잣집에서 음식을 많이 차려 사람들을 초대한다거나 후한 선물을 내려준다거나 하던 촌락공동체의 따뜻한 풍속은 다 사라지고 없어져 버렸어요. 그러나 우리들 마음속에는 그 옛날 그런 것에 대한 향수가 남아 있어요.

최　저희 세대까지만 해도 그런 향수가 좀 있는데, 저희 아이들은 그런 경험이 아예 없으니까 향수도 아예 없을 것 같아요.

박　그렇겠지요. 모스도 『증여론』의 마지막 부분에서 어린 시절 고향 로렌 지방 이야기를 해요. 농촌이라서 평소에는 물건을 아끼고 매우 검소한 생활을 했대요. 하지만 무슨 수호성인 축제라든가 결혼식, 성찬식, 장례식 같은 때는 굉장히 성대하게 음식을 차려 사람들을 초대하고 돈을 막 썼다는군요. 그 풍성함과 호사스러움이 참으로 즐거운 추억으로 남아 있다고요. 고대하던 축제 날에 사람들이 모여서 축제를 벌이고, 끝나고 나면 또 다음 해의 축제 날을 기다리던 그 시절 사람들의 소박한 행복감이 고스란히 전해 와요. 요즘 도시에서 태어나 도시에서 일하고 생활하는 사람들은 그런 재미있는 경험은 없지요.

모스는 책의 말미에서, "우리는 수도승의 생활도 『베니스의 상인』의 샤일록의 생활도 모두 피해야 한다"고 말합니다. 무슨 말이냐 하면, 수도승은 물건에 대한 욕심이 하나도 없잖아요. 물건을 최소한도로 소비하고, 선물을 주고받는 일도 없고, 아주 금욕적으로 살지요. 수도승은 그렇게 살아야 되겠지만 일반인은 그렇게 살면 재미가 없어서 못 살아요. 그러니까 그렇게 살면 안 되고, 그렇다고 해서 또 돈에 대한 욕심이 너무 많아서 수전노처럼 자기 잇속만 차려서도 안 된다, 그래서 이 두 가지의 극단적인 것은 피해야 되고, 어느 정도 합리적으로 저축도 하고 아끼고 살아야 되지만 그러나 쓸 때는 또 후하게 막 쓸 줄도 알아야 된다, 이런 얘기입니다. 그러면서 "우리는 옛날의 기본으로 돌아가지 않으면 안 된다"고 말합니다. 옛날의 기본이란 남에게 주는 즐거움, 후하고 관대한 지출의 즐거움이죠. 아닌 게 아니라 돈을 막 쓸 때, 또는 누구한테 베풀 때 즐거운 건 사실이에요. 그 즐거움으로 우리는 다시 돌아가지 않으면 안 된다는 게 모스의 결론입니다.

최　지출의 즐거움 말씀하셨는데, 유재우 님께서 계속 후원해 주고 계십니다. 지출의 즐거움을 만끽하고 계신 유재우 님, 축하드립니다.

박 그런데 아까 박영수 특검 같은 경우는 냉정하게 말해, 가까운 사이가 아니라면 사심 없는 순수한 선물이라는 건 결코 있을 수 없죠. 정치인이나 고위 관리가 업자한테서 돈을 받았을 때, 준 사람이나 받은 사람이나 대가성 없다, 순수하다 하고 얘기하잖아요. 있을 수 없는 얘기입니다. 그건 뇌물입니다. 지금 당장 반대급부를 바라지 않더라도, 기한을 두고 언제고 나를 도와줄 가능성이 있기 때문에 그 사람에게 돈을 주는 거죠. 그러니까 공적 생활에서 순수한 선물이라는 건 없어요. 뇌물과 선물의 차이가 없습니다.

최 김영란법이라고 불리는 청탁금지법으로 우리는 그걸 억누르고 있지만 사실 그 기준도 논란이 많아요. 김영란법 피해 가는 방법도 얼마든지 있고, 법으로 막는다고 해도 드러나지 않으면 그뿐이고.

박 무엇보다, 국민을 법으로 옥죄기만 해서는 안 되는 거죠. 김영란법이 금지하는 행위들은 대부분 개인의 도덕심이나 양심에 맡겨야죠. 자기가 마음 먹고 부패하려면 하는 거지, 그걸 어떻게 다 막겠어요? 다만, 나중에 대가를 치르게만 하면 됩니다. 그걸 일일이 몇만 원 이상은 안 되고 어쩌고, 그런 걸 왜 국가가 정합니까?

최 그러니까 선생님한테 커피 캔 하나 드려도 문제가 된다는 건 너무 개인의 자유의지를 제한하는 거죠.

　　자, 오늘 교수님 말씀 주욱 듣다 보니까 선물에 대한 막연했던 이해도 바뀌었고, 아까 모스의 마지막 말 중 "모든 사람은 일해야 된다"는 건 돈을 무조건 줘서는 안 된다는 얘기하고도 상통하는데요, 요즘 화두로 떠오르는 '기본소득'을 떠올리게 합니다. 기본소득이라는 건 나라에서 개인들한테 돈을 그냥 주는 건데, 돈보다는 기본 일자리, 기본 일거리를 주는 게 훨씬 더 합리적인 것 아닌가요?

박　그런데, 기본 일자리를 정부가 어떻게 줍니까?

최　정부가 직접 줄 수는 없다?

박　일자리를 정부가 줄 수는 없어요. 일자리는 기업이 주는 겁니다. 그러니까 결론은, 정부는 작은 정부여야 된다는 겁니다. 최소한의 정부. 가만히 있으면 되는 거죠. 정부는 가만히 있고 모든 걸 민간에 맡겨 놓으면 기업체들이 활발하게 사업을 하고, 사업이 잘되면 사람들을 채용하고. 정부가 일자리 줘라 어쩌라고 명령을 할 필요도 없고, 그래서도 안 돼요. 복지니 하는 이름으로 무조건 퍼붓기 하는 것도 최소한으로 줄여야 합니다.

최　'선물'이라는 키워드가 그렇게 사회 전반, 정치 경영 경제까지 다 걸리는군요. 자, 오늘 교수님 말씀 들으면서 선물에는 여러 종류가 있다, 재화뿐 아니라 서비스나 감정의 선물이 있고, 초대도 선물이다. 그런데 선물이든 초대든 중요한 원칙은, 받아야 할 사람을 빠뜨리면 큰일 난다, 그리고 선물을 줬을 때 그것을 거부하는 것도 안 되고, 또 선물을 받았으면 그 이상의 답례를 해야 그 사람하고 최소한 동등한 위치에 있을 수 있는 거다, 계속 받기만

하면 그 사람에게 종속된다, 뇌물과 선물은 차이가 없다, 이런 것
들을 살펴봤습니다. 우리 내면에 자리 잡고 있는 무의식까지도 딱
건드리네요. 벌써 다음 주 이야기가 기대가 됩니다.

교수님, 오늘도 잘 배웠습니다. 감사합니다.

박　고맙습니다.

5

당신의 생각을 지배하는 아비투스

최대현　지난주 박정자 교수님의 '인문학으로 세상 읽기'에서는 '선물의 법칙'을 통해서 박영수 전 특검과 수산업자의 선물 사이에 어떤 관계가 있는지, 뇌물과 선물은 사실상 차이가 없고, 진짜 순수한 관계가 아니라면 세상의 모든 선물은 뇌물이고, 그 안에는 절대로 어겨서는 안 되는 법칙이 숨어 있다, 이런 말씀을 나눠 봤습니다.

오늘 말씀 나눌 주제를 제가 미리 예고해 드리겠는데, 굉장히 셉니다. 벌써 댓글창에 '아비투스'라는 주제에 대해서 "좀 어렵다"는 말씀들이 주욱 올라오는군요. 아비투스는 쉽게 말씀드리면 우리의 뇌 속에 들어 있는 운영체제 프로그램 같다―그러니까 컴퓨터로 치면 CPU라는 중앙처리장치 있지 않습니까? 그 CPU에 들어 있는 프로그램 같은 겁니다. 그 프로그램에 의해 우리의 생각과 행동들이 결정되는데요, 이걸 철학자들이 '아비투스'라고 부른 것이죠. 저는 '경험에 의해서 체득한 사회적 관습' 정도로 이해합니다만, 오늘 박정자 교수님과 말씀 나누면서 이 아비투스란 무엇인지, 우리의 정신과 행동은 어떤 프로세스에 의해 '아비투스의 노예'가 되는지, 오늘도 값진 시간 기대합니다.

그 전에 박정자 교수님, 최근에 번역서를 하나 내셨군요. 『자유주의자 레이몽 아롱』──레이몽 아롱의 가장 유명한 말은 단연 "정직한 좌파는 멍청하다, 그리고 똑똑한 좌파는 정직하지 않다" 아니겠습니까? 『지식인의 아편』에 나오는 말이던가요? 좌파의 속성을 한마디로 꿰뚫은 명언입니다만, 그 레이몽 아롱의 이번 책은 어떤 건가요?

박정자　대담집입니다. 그 전에 사전 배경으로, 우선 프랑스 문화 풍토는 굉장히 좌파적이에요. 대통령이 우파가 되거나 좌파가 되거나 상관없이 지식인 사회는 언제나 굉장한 좌파였어요. 그런 분위기 속에서 우파 지식인이라는 것은 완전히 대중들로부터 조롱 받는 아웃사이더였어요. 그런 시대, 1950~60년대에 아주 독야청청 자신은 우파이고 보수주의자고 자유주의자라고 천명하면서 철학 책도 쓰고, 〈피가로〉지 논설위원을 하면서 논설을 통해 우파의 사상을 널리 퍼뜨린 사람이 레이몽 아롱입니다. 68혁명이라고 있었잖아요? 당연히 모든 젊은이들도 아주 과격한 좌파였는데, 그 '68세대'는 레이몽 아롱이라고 하면 완전히 보수 꼴통, 반동이라며 조롱하기 바빴죠. 그런 프랑스 사회도 1980년대 들어서는 많이

레이몽 아롱 외, 박정자 옮김,
『자유주의자 레이몽 아롱』(2021)

변했어요. 레이몽 아롱이 죽기 바로 전, 그 68 세대 출신 두 명의
학자와 나눈 3인 대담집이 『자유주의자 레이몽 아롱』입니다.

최　1980년대에 뭐가 변했다면, 냉전이 끝났으니까 그런 건가요?

박　1980년대 초는 아직 독일이 통일되고 소련이 해체되기 전이
었습니다. 사실 레이몽 아롱도, 그리고 뒤에 말씀하겠지만 그와
결별했던 사르트르도 사회주의권의 몰락을 보지 못하고 죽었어
요. 그에 앞서 솔제니친의 『수용소 군도』가 나오고 나서 젊은이
들이 대거 보수 우파로 기울었기 시작했어요. 그래서 68 세대들
이 레이몽 아롱을 다시 보기 시작했어요. 사르트르보다는 레이몽
아롱이 더 세상을 옳게 본 것 아닌가 하고 생각하게 된 겁니다. 때
맞추어 68 세대 중 두 지식인이 레이몽 아롱과 대담을 하는데, 그

의 일생과 지적 여정을 주욱 돌아보는 얘기를 하다 보니 결국 프랑스 현대사, 아니 세계의 역사가 됐어요. 서양의 역사가 곧 세계사 아닙니까? 1차 대전 이야기, 레이몽 아롱은 유대인인데 독일로 유학을 갔는데 마침 히틀러가 집권하던 해 독일에 있었고, 2차 대전과 식민지 독립… 이런 이야기들이 다 나옵니다. 서양 역사에 관심 있는 분들은 그 자체만으로도 굉장히 흥미가 있을 거예요. 또 아까 『지식인의 아편』 말씀하셨는데, 그 책은 사르트르나 메를로 퐁티 같은 좌파 지식인들의 허위의식을 비판한 책이거든요. 그런 얘기도 대담에서 많이 나옵니다.

최 나중에 '인문학으로 세상 읽기'에서 그 주제를 한번 다뤄 보면 좋을 것 같습니다.

박 네, 그럴 만한 아주 흥미로운 책입니다. 레이몽 아롱의 글을 읽으면 누구라도 자유주의와 보수주의에 대해 확신을 갖게 될 겁니다. 우리 사회도 좌파가 헤게모니를 잡고 있잖아요. 유명하다는 사람들은 죄다 좌파고, 그래서 젊은 사람들이 '나도 좌파 사회주의 사상을 가져야 하지 않을까' 이렇게 생각하기 쉬운데, 그럴 때 레이몽 아롱을 읽는다면….

최 영국에 에드먼드 버크가 있었다면 프랑스에는 레이몽 아롱이 있었던 거군요.

박 버크는 옛날 18~19세기 사람이고, 레이몽 아롱은 20세기 사람이죠.

최 아, 그렇군요. 아주 현대라면 미국에는 조던 피터슨이 있고요.

진보 진영에 직격탄을 날리는.

박　그런 사람들의 책을 읽으면 아주 자신 있게, 확신을 갖고 보수주의를 채택해야겠다는 생각을 하게 됩니다.

최　그 자체로 값진 서론이었습니다. 그럼 이제, 예고해 드린 본주제로 들어가 볼까요? 오늘의 주제는 '아비투스'입니다.

경제자본, 사회자본, 문화자본

박　좌파들은 언제나 자본을 공격하잖아요. 자본가는 노동자들을 착취한다, 자본은 만악의 근원이다, 그렇게 공격을 하는데, 그때 자본이란 재산, 돈이죠. 현금뿐만 아니라 주식이나 부동산까지. 그런데 이런 것들은 '경제적인 자본'입니다. 마르크스는 그 경제적인 자본만 봤어요. 그래서 돈 많은 사람, 19세기에는 부르주아 계급을 자본가라고 했고, 돈 없는 계층을 무산계급, 즉 프롤레타리아라고 했어요. 이렇게 딱 두 계층으로 나누고 돈 많은 사람들은 지배계급, 돈 없는 사람들은 피지배계급으로 규정했습니다. 오로지 경제적 자본만 갖고요. 그러나 현대에 자본은 경제적인 자본만 있는 게 아니잖아요? 예를 들어 지식이 많은 것, 그것도 굉장한 자본입니다. 또 예술적 취향, 그림을 보는 안목이 높은 것, 이것도 굉장한 자본이고, 그런가 하면 어떤 사람은 굉장히 사교적이고 인맥이 넓어요. 사회의 유력한 유명인들과 친교가 있거나 단체 활동도 활발하게 하는 사람들이 가진 인맥과 사회관계 또한 자본이죠. 그러니까 자본에는 돈이라는 경제적 자본만 있는 게 아니라 문화적인 자본, 그리고 인맥 같은 사회적인 자본, 이렇게 크게 세 가지가 있어요.

돈은 우리 눈에 보여요. 손으로 만질 수 있고 실체가 있는, 가시적인 거죠. 하지만 문화적 자본, 이를테면 어떤 사람의 취향이라든가 학벌이나 학력이 좋다든가 이런 건 눈에 안 보입니다. 인맥도 추상적이에요. 눈에 안 보입니다. 문화자본, 사회자본처럼 실체가 없어 눈에 안 보이는 자본을 '상징자본'이라고도 합니다. 높은 문화 수준, 사회적인 명성이나 명예는 물질적 실체가 아니라 상징이니까 상징자본이에요. 이것이 바로 프랑스의 사회학자 피에르 부르디외(Pierre Bourdieu, 1930~2002)의 상징자본 이론입니다.

자본가란 현금, 부동산, 주식 같은 경제자본을 많이 갖고 있는 사람입니다. 그런데 사교 활동에 능하고 활발하게 단체 활동도 하고, 자신을 도와줄 유력 인사도 많이 알고 있는 사람한테는 인맥 또한 자본입니다. 사회적 자본 또는 사회관계 자본이죠. 인맥 같은 건 눈에 보이지 않는 추상적인 것이지만, 적당한 조건에서는 경제자본으로 전환될 수 있어요. 이를테면 내가 사업을 하는데 어떤 영향력 있는 사람과 친분이 있다든가 하면 그 사람의 도움을 받아서 사업이 크게 성공해 돈을 벌 수 있잖아요? 문화자본도 문화적 가치가 있는, 학위라든가 취향이라든가 하는 추상적인 것들뿐만 아니라 가시적인 것도 있어요. 이를테면 미술 컬렉션, 고가의 그림,

골동품 같은 것이죠.

최   이건희 컬렉션같이요.

박   네, 그런 게 다 문화자본입니다. 언어 능력이나 교양도 마찬가지입니다. 언어 능력 중에 외국어를 보면, 이해하고 구사할 수 있는 외국어가 많으면 수준 높고 교양 있는 사람이죠? 모국어도 사람마다 구사 능력이 달라서, 어떤 사람은 아주 조리 있게 말을 잘하잖아요? 이건 굉장한 자본입니다. 아래 계층일수록 말을 조리 있게나 사려 깊게 하지 못하는 경향이 있는데, 그런 사람들은 언어적인 문화자본을 갖고 있지 못하다고 할 수 있는 거죠.

그래서 경제자본, 사회자본, 문화자본을 딱 분리해서 말할 수 없어요. 이 세 가지 자본은 서로 순환하는 관계예요. 요는, 마르크스는 경제적 자본만 자본이라고 생각했지만 부르디외는 경제적 자본만 가지고는 계급을 정확하게 판단할 수 없고, 더 넓게 '생활양식'이 중요한 계급 지표라고 했습니다.

최   그러니까 마르크스는 형체가 있고 눈에 보이는 돈 같은 경제자본으로만 계급을 나눴는데, 부르디외는 경제, 문화, 사회 세 가지 자본을 가지고 계급이 나눠진다고 본 거군요.

박   네. 그러면서, 경제자본보다 사실은 문화자본이 더 중요하다고도 했습니다.

자 그럼, 그렇게 경제자본, 사회자본, 문화자본을 기준으로 나누어진 후의 상류층이 어떤 모습인지 한번 볼까요? 이건 부르디외가 든 예인데, 우리나라도 비슷합니다. 상류층은 럭셔리한 호텔이나 미용실을 다니겠죠. 그냥 비싸니까 다니는 게 아니라, 그들은 럭셔리한 시설과 그렇지 않은 시설의 본질적인 차이를 알아본다는 겁니다.

최 무엇이 고급이고 무엇이 싸구려인지 알아본다?

박 그렇습니다. 고급을 써 본 사람만이 무엇이 고급인지 알고, 고급을 써 보지 못한 사람은 그것이 고급인지 아닌지 잘 몰라요. 고급을 알아보는 눈이 있느냐 없느냐 차이죠. 예를 들어 새로 생긴 고급 호텔 레스토랑에, 이런 곳은 난생 처음인 어떤 서민이 와 봤다면, "호텔 식당이 원래 이런 거지 뭐, 왜들 호화롭다고 난리인가" 하고 말하겠죠. 그러나 고급 레스토랑을 자주 가는 상류층이라면 미세한 차이의 고급스러움을 금세 알아볼 겁니다. 고급 서비스를 받을 때 태도를 볼까요? 고급 화장품 회사의 직영 마사지 숍에서 종업원이 나를 최대한 배려하고 관심을 쏟고 열심히 서비스를 해 줄 때, '나는 이런 서비스의 당당한 합법적인 수혜자다, 이런 걸 받을 만한 자격이 있는 사람이다' 이렇게 생각한다면 그 사람이 바로 상류층입니다. 서민들은 내 몸에 대한 남의 서비스가 너무 황송하고 불편하겠지요. 그래서 상류층은 자기한테 서비스를 제공하는 종업원들에게 마치 옛날 양반이 하인들 대하듯이 도도하게 "수고했다"라는 관대한 인사를 한다는 겁니다.

최 하하, 저는 다녀 보지를 않아서…. 그러니까 그저 '고맙다'와 '수고했다'는 조금 결이 다른 건가요?

박 '고맙다'는 말은 누구나 할 수 있죠. 그러나 "우리 사이에는 적절한 거리가 있다, 우리가 같은 급은 아니다"라는 식으로, 위에서 내려다보듯 "수고했다"고 말할 줄 아는 사람이 상류층이라는 겁니다. 서비스를 받을 줄 아는 사람, 자신을 위한 타인의 노동을 당연시하는 사람이죠. 자신에게 행해지는 종업원의 서비스를 불편하게 느끼면 이건 상류층이 아닙니다. 어떻게 서비스를 받을지 아는 게 바로 부르주아적 생활 기술입니다.

우리 같은 서민들, 보통 사람들이 어쩌다가 멋진 고급 레스토랑에 갔다고 해 보세요. 거기서 연미복을 입은 멋진 웨이터가 최상의 서비스를 해 주면 너무 불편할 수도 있지요. 왜 이렇게 몸 둘 바를 모르게 잘해 주지…. 그게 너무 불편해서 그 불편함을 깨기라도 하려는 듯 내가 먼저 친근하게 말을 걸어야지 하면서 웨이터와 필요 없는 말을 나누는 사람도 있어요. 그건 상류층이 아니라는 겁니다. 과묵하게 고고하게 앉아 있어야지, 종업원하고 말을 트고 친근하게 행동한다는 건 상류층이 아니에요. 그러는 순간, 직업적으로 단련된 웨이터는 금세 자신이 지금 서비스하고 있는 상대가 차지하고 있는 사회적 분포, 즉 계급을 파악합니다.

상류층과 그 아래 서민 계급은 사실 서로를 너무 몰라요. 다른 계층의 생활 상태, 생활 습관을 몰라요.

최 우리가 상류층을 모르는 것처럼 상류층도 우리를 모르고 ─ 피차 서로 모른다는 말씀이군요.

박 진정으로 사회의 다른 편에 있는 사람들의 위치에 서 본 적이 없으니까요.

최 요즘 정용진 회장 같은 경우 굉장히 서민적인 행보를 보이고 있고, 지난 시간에 말씀하셨지만 그들이 갑자기 소박한 순두부찌개를 먹고 해서, 부자도 서민의 생활을 잘 알 거라고 생각했는데요.

박 그 정도야 알겠죠. 하지만 서민들 생활의 진짜 본질은 잘 모릅니다. 그 반대도 마찬가지고요. 서민들은 가끔 TV 드라마에서 묘사하는 상류층의 생활을 보며 '아, 저럴까?' 하는 정도? 실제로도 저렇지는 않을 것이다, 막연히 이렇게 생각하면서….

부르디외가 든 예 중에, 어떤 외과의사가 200만 프랑짜리 시계를 샀다는 말에 주변의 서민들이 막 화를 냈다는 이야기가 있어요. 지금은 유로로 단일화됐지만 한 30년 전에 200만 프랑이라면 3억 원 좀 넘는데, 서민층에서 볼 때는 그건 굉장히 과시적이고 낭비예요. 어떻게 고작 시간 한번 보자고 몇억 원짜리를 사느냐, 시계뿐 아니라 밥도 그냥 대충 먹으면 되지 뭘 꼭 비싼 데 가서 먹느냐, 이런 식이죠. 그런데 이건 상대방 계층을 몰라서 하는 소리입니다. 이쪽에서 볼 때는 과시고 낭비지만, 저쪽 사람들이 볼 때 그런 지출 형태는 낭비가 아니라 사회관계 자본을 축적하는 훌륭한 투자입니다. 어떤 셀러브리티를 초대해서 친교를 맺는 것, 예를 들어 골프에 초대한다든가 고급 레스토랑에요, 이런 건 낭비가 아닙니다. 거기서 나중에 내 사업에 굉장히 유리하게 될 인맥이 형성되니까요.

최 보통 사람들은 투자 하면 경제 자본만 떠올리는데, 상류층들은 경제자본뿐만 아니라 사회자본과 문화자본, 모든 부문에서 투자를 한다는 거군요.

박 그렇습니다. 물론 상류층도 서민의 생활을 잘 모르지만, 서민들도 상류층에 대해서 잘 몰라요.

문화자본은 어떤가 볼까요? 음식에 비유해 보죠. 생물학적으로 말하면 음식이 우선 몸 안에 들어가고, 소화되고 흡수되고, 그것이 서서히 우리의 피와 살이 되는 데는 오랜 시간이 걸리죠. 먹자마자 금방 그대로 피와 살이 되는 거 아니죠? 문화자본이 딱 그렇습니다. 획득하는 데 굉장한 시간을 필요로 해요. 문화자본을 획득하려면 어느 정도 이상의 개인별 투자가 반드시 필요합니다. 왜 그러냐 하면, 하나의 취향을 형성하려면 어떤 특정 분야의 지식을 오랫동안 흡수하고 그에 대한 많은 생각을 해 봐야 하는데, 그럴 수 있으려면 그만한 여가가 있어야 되고, 과외공부도 해야 되고—시간도 필요하고 돈도 필요해요. 그래서 문화자본은 당연히 경제자본과 연결됩니다.

최 시간과 돈을 써야 되니까요.

박 그래서 문화자본의 축적에는 가족의 경제적 조건이 굉장히 중요합니다. 결국 경제자본과 문화자본은 또 별개의 것이 아니라는 걸 알 수가 있어요. 시간과 돈을 투입한 다음이라야 어떤 지식이든 교양이든 기능이든 쌓을 수 있는 겁니다.

최 그렇게 투자를 해야 취미와 감성도 키워지겠네요.

박 그렇죠. 추상적인 지식이나 취미 말고 비싼 그림이나 골동품, 하다못해 책 같은 실제적 물건은 말할 것도 없고요. 1970년대 초에 우리 사회가 겪었던 얘기인데, 그때 사람들이 좀 잘살게 되기 시작했고, 맨션 아파트가 생기면서 거실이 일반화되니까 그 거실을 꾸미고 싶은 욕구가 생겨났죠. 소위 인테리어라는 개념이….

최 거실에 서가를 꾸미는 붐도 일었죠. 지금도 유튜브 방송하는 분들 중엔 일종의 장식품같이 배경으로 책을 쫙 꽂아 놓고 하기도 하죠.

박 가장 지적으로 보이고 멋있는 장식품이 책이니까요. 요즘 고급 카페의 최고 인테리어도 서가의 책들입니다. 과거 1970년대에 거실 장식용으로 가장 많이 팔린 건 단연 영국 브리태니커 백과사전이었고요. 브리태니커 팔던 사람이 돈 많이 벌어서 나중에 〈뿌리 깊은 나무〉, 〈샘이 깊은 물〉 하는 유명한 잡지사도 만들고 취향 높은 문화인이 됐죠. 우리도 그런 시대를 겪었습니다. 이 책이라는 것, 굉장한 문화자본이죠. 그림도 물론이고, 거대한 TV 수상기 같은 것도 부를 과시하는 문화자본이 될 수 있겠네요. 또 제도화된 어떤 상태, 예컨대 명문 학교 졸업장이나 박사모 쓰고 찍은 사진 같은 것도요.

그러고 보면 우리 인간에게는 차별화의 본능이 있어요. 남들보다 우월하게 보이고 싶은 강렬한 욕망이 있어요. 우월하게 보이고 싶다는 건 남보다 탁월함을 갖겠다, 남들보다 높은 자리에 있고 싶다는 건데, 그래서 계급이 생겨납니다. 좀 더 탁월하고 우수한 사람이 상위계층이 되는 거 당연하죠. 그런데 세 가지 자본 중 특히 문화자본은 개인의 노력 여하에 따라서는 얼마든지 높은 수준으로 올라갈 수 있어요.

최 보통 사람들은 먹고사는 데 급급해서 문화적 자본을 획득하는 데 쓸 시간과 돈이 없지 않나요? 오히려 거기서 제일 큰 장벽이 생길 것 같은데요?

박 보통 사람이 몇 년이라는 기간 안에 큰돈을 모으는 것과 좋은 인맥을 구축하는 것, 그리고 공부해서 교양을 쌓는 것 — 그중 어느 게 더 현실적일까요?

최 … 세 번째일 수밖에 없군요. 동의할 수밖에 없습니다. 부인할 수 없어요.

박 그래서 교육이 중요하다고 부르디외는 말합니다. 교육으로 그 차별을 잡아 줘야 돼요. 발달한 자본주의 사회일수록 단순히 경제적인 요인보다는 교육 수준, 예술에 대한 이해, 소비성 레저, 이런 게 중요하잖아요. 이를테면 얼마나 고급 스포츠를 할 줄 아느냐도 다 문화적 자본입니다. 그리고 이런 문화적 자본을 기준으로 사람들을 구분해요. 그전에는 돈만 많으면 상류층이라고 생각했지만, 지금은 돈만 많고 문화자본이나 사회자본이 하나도 없으면 상류층 대우를 받지 못해요.

최 고급 스포츠라면, 이를테면 진짜 최고 상류층이라면 요트 정도는 탈 수 있어야 한다고 저도 생각은 합니다. 언론에 종사하다 보니까 만나는 사람들 중에는 요트 타는 사람들도 가끔 있던데, 그거 한눈에 봐도 사실 굉장히 귀찮고 힘든 일이거든요. 바다하고 싸우는 일이라 기술을 익히기도 어려워 보이지만요. 고생이에요, 사실은. 그런데 그 사람들은 그 비싼 요트를 사고 돈과 시간을 들여서 그 고생을 하네요.

취향은 개인이 아니라 계급의 것

박   영화 〈변호인〉에도 나오지만, 노무현 전 대통령이 정말로 요트를 했잖아요. 그때 온 국민이 다 놀랐죠, 요트가 얼마나 고급 스포츠인데. 그런데 입만 열면 민중을 위한 정치를 한다는 그 노무현 같은 사람도 요트를 즐겼지요. 좌파의 허위의식이 거기서도 드러납니다.

　　잠깐 곁길로 샜는데요, 다시 자본 얘기로 돌아와 보면, 세 가지 자본은 상호 관련이 있습니다. 하나의 자본을 소유하는 것은 다른 자본을 추구하는 데 도움을 준다는 얘깁니다. 예를 들어 자수성가해서 돈을 많이 번, 그러니까 경제적 자본을 소유한 사업가가 있다고 합시다. 어려운 어린 시절을 보냈기 때문에 그에게는 문화적인 취향이나 번듯한 인맥이 하나도 없어요. 경제자본만 있고 문화자본이나 사회자본은 하나도 없어요. 하지만 일단 돈이 많으니까 자식들은 교육을 시켜서 온갖 예술적인 취향을 다 키워 줄 수 있죠. 그러면 그 자식은 문화자본을 획득하게 됩니다. 또 잘사는 사람들끼리는 서로 교류가 있잖아요? 그러다 보면 자연히 인맥이 형성되겠죠. 결국 본인은 물론이고 자식들도 상류층의 인맥, 다시 말해 사회자본을 갖게 돼요. 이런 사회적 자본이 있으면, 다시 말해 인맥이 있으면 사업 또한 번창해서 돈을 더 많이 버는 데 유리하겠죠? 더 많이 돈을 벌면 자식들을 더 공부시키는 건 물론 자기 스스로도 문화적인 자산을 구입할 수도 있어요. 이런 식으로 경제자본, 문화자본, 사회자본은 서로 빙글빙글 상호 순환하는 밀접한 연관이 있습니다.

이 시점에서 자연스럽게 '아비투스(habitus)' 얘기를 해 보죠. 아비투스는 가장 쉽게 말해, 한 개인이 갖고 있는 문화적인 취향입니다. 그런데 그 취향은 그 개인만의 것이 아니고—이게 중요한데요—그 개인이 소속한 집단, 그 계급의 취향이라는 겁니다. 흔히 "저 사람, 아주 교양이 풍부하고 고급의 문화적 취향이 있어"라는 말을 하죠? 그런데 그 사람의 교양이란 그 사람 개인의 것이 아니고 그 개인이 속한 어떤 계층, 즉 상류계층의 것입니다. 개인과 집단이 상호 연결되는 그런 취향, 그런 문화적 취향을 아비투스라고 합니다. 개인이 갖고 있는 문화적인 취향이 알고 보니 개인 것이 아니라 그 사람이 속한 계급의 것이다, 그게 바로 아비투스입니다.

최 단순하게 나 혼자 갖고 있는 어떤 취향이 아니라 내 주변, 내가 속한 계층에 의해서 만들어진 거라는 말씀인가요?.

박 맞습니다. 개인들은 사회계층, 교육 수준, 사회적 지위가 제각기 다르잖아요? 가장 먼저 일차적으로 내 가족 안에서 개인은 만들어지고, 그다음에는 내가 소속된 계층 속에서 만들어지잖아요. 그러니 모든 사람은 자신이 소속된 계층이 공통적으로 갖고 있는 문화적 취향을 자기 속에 내면화합니다. 마치 내 것처럼요. 그래서 얼핏 보면 문화 취향이 개인적인 것처럼 보여도 사실인즉 개인적인 게 아니라 그 사람이 소속된 계층의 것입니다. 이게 부르디외가 말하는 아비투스입니다.

최　그렇다면 아비투스는 계층적, 계급적인 현상이군요?

박　그렇습니다. 아비투스는 개인의 영역에 속한 것이 아니고 집단적인 성격을 갖고 있어요. 그래서 한 개인의 취향을 보면 그가 어느 집단에 속해 있는지를 짐작할 수 있죠. 어떤 집단 특유의 아비투스를 보이는 사람이 있다면 그는 그 사회계층에 속하는 사람이다, 이렇게 판단할 수 있습니다. 거꾸로 이런 이런 개인들이 많이 모여서 계급을 형성하니까, 아비투스는 계급을 재생산하는 도구이기도 합니다.

최　속한 계급에 의해 형성되고, 나아가 계급을 재생산하고… 그 안에서 또 그 계급에 충원될 새로운 인원들을 계속해서 만들어내기도 하겠네요. 그사이 댓글창에 "오늘 주제가 되게 재미있네요", "저는 미래의 손자 손녀에게 꼭 승마를 가르치고 싶어요" 이런 얘기가 올라오고 있는데, 이 얘기는 나중에 이어서 하기로 하고, 아비투스 말씀을 좀 더 들었으면 합니다.

박　한 개인이 어떤 대상을 생각하거나 어떤 사람을 판단하거나 할 때, 언제나 고도의 지식을 동원해 합리적으로만 판단하는 건 아닙니다. 생각해 보세요. 매번 지식을 총동원해 합리적으로 판단하기보다 그냥 즉각 판단하는 경우가 많지요?

최　첫인상이라고나 할까….

박 첫인상을 보고 아, 저 사람은 상류층이다, 아니다, 이런 판단이 즉각 나오지요. 그게 가능한 것은, 모든 인간 속에 이미 아비투스가 내재화해 있기 때문입니다.

최 제가 처음에 잘 설명한 건가요? 우리의 뇌 속에 이미 세팅돼 있는 CPU 같은 거다—그 프로그램, 아비투스에 의해 모든 것을 한순간에 판단한다—

박 네, 그렇게 신중한 생각과 숙고에서가 아니라 즉각적으로 나오는 겁니다. 이미 사회적으로 구성되고 자기가 속한 가족이나 계층의 사람들 사이에 오래전부터 전수돼 온 어떤 '생각의 틀'을 개인이 이미 내면화하고 있는 것이지요. 사람의 행동, 문화적 취향 같은 것들이 얼핏 보면 그 사람 개인의 행동인 것 같지만 실은 비슷한 계층에 속한 사람들과 공유하고 있는 공통의 관습입니다. 개인이 보여 주는 모습이 실은 그 사람이 속한 계급의 것이다— 이렇게 개인과 계급 사이에는 상호작용이 있습니다. 마르크스는 계급을 돈, 즉 재산이 결정한다고 말했지만, 부르디외가 생각하기에 가장 중요한 것은 문화적인 취향입니다. 그래서 그는 문화자본이 가장 중요하다고 말합니다. 취향이야말로 귀족적 품격의 가장 확실한 기호이죠. 한 사람의 귀족적 품위를 보여 주는 가장 확실한 기호입니다. 그러니까 한 사람의 미적인 선택은 그의 계급 영역을 결정하면서 그 사람의 계급을 다른 계급과 구분시켜 줍니다.

　그런데 문화적인 취향이라는 건 대부분 어린 시절에 습득되잖아요. 어린 시절에 습득된 행동과 가치들이 어른이 되어서도 너무나 자명하고 자연스럽게 보이는 법이죠. 너무나 자연스러워서, 다른 취향의 사람을 보면 심지어 불쾌감까지 느끼게 됩니다. "내가 좋아하는 이런 걸 왜 이 사람은 좋아하지 않지?" 하는 식으로요. 그래서 계급의 재생산이니 계층의 고착화니 하는 말도 나오는 겁니다.

최　불쾌감이라…. 더 심하면 공포나 적대감으로도 발전할 수 있습니까?

박　상징적 폭력이 바로 그겁니다. 어린 시절부터 몸에 밴 가치와 행동이 너무나 자명하고 자연스럽게 보이는 나머지, 다른 사회계층의 취향이나 행동방식과 맞닥뜨리면 심한 불쾌감, 나아가 공포까지 느끼게 된다는 겁니다.

최　말씀을 들어 보니, 우파 쪽 사람들 중에는 좌파의 어떤 문화를 보면서 순간적으로 구역질이 나온다는 사람들이 있고, 거꾸로 좌파도 우파의 어떤 생각이나 행동을 보면서 앨러지 반응을 일으키는 게 설명이 되네요?

박　맞습니다. 바로 그거예요. 아비투스를 논하면서 우선 계급만 가지고 얘기했지만, 사실은 계급만이 아니라 집단적인 문화 취향, 그게 아비투스입니다. 상류층-하류층이라는 계급 대립만이 아니라 좌파-우파, 노인 세대와 젊은 세대, 남성 대 남성 혐오 페미니즘….

　상징적 폭력 이야기를 마저 해 볼까요. 지배계급은 경제적이나 문화적으로 자기들의 지배를 받는 아래 계층의 개인들에게 자신들의 미적 취향을 강요합니다. 자기들이 가진 고급문화 취향을 아래 계층은 당연히 못 갖고 있지 않겠어요? 그걸 "너희가 무식해서 그래" 하는 게 조선시대 같은 전통 사회에서는 당연했죠.

최 미적 취향을 강요한다! 지난 시간에는 "하류층이 상류층을 모방하면서 따라간다"고 했기 때문에 강요까지는 생각하지 않았는데, 상류층의 강요도 있다는 말씀이군요.

박 조선시대 같았으면 그냥 드러내 놓고 말을 했을 것이고, 상놈들은 그런 양반을 감히 넘보지 못했겠죠. 정신적인 도전 같은 건생각도 못 했을 거예요. 상층계급이 자기들 것과 반대되는 취향이나 관습을 무식하고 거칠고 몰취미하다고 사회적으로 낙인찍으면 그렇게 계급이 강고해지는 효과가 있습니다. 이게 바로 상징적 폭력입니다. 한마디로 "못 배운 놈" 해 버리면 아래 계층은 "아, 나는 무식해서"라는 자괴감을 갖고 양반을 더욱 공경할 수밖에 없었겠지요. 조선왕조가 양반과 상놈의 계급 구분을 500년이나 유지할 수 있었던 이유가 거기 있었다고 저는 생각합니다.

하지만 요즘 민주주의 사회에서는 누구도 드러내 놓고 강요하지 않습니다. 자기들 부류끼리만 어울리며 얘기하겠지요.

최 어렵군요. 지금 전 세계에 똑같이 코로나가 번져 있는데, 프랑스 같은 나라에서 백신을 접종하고 거리두기 방역을 하는 데 대해 시민들이 굉장히 거칠게 저항하고 있거든요. 그런데 대한민국 시민들은 정부의 불합리해 보이는 방역 지침에도 너무나 얌전하게 순종하고 있어요. 교수님 말씀대로라면 프랑스 시민들의 아비투스는 불합리한 것에 대한 저항이 강한 건가요?

박 그렇습니다. 권력의 속성을 잘 알거나 모르거나 상관없이, 무의식적으로 그런 걸 거부하는 문화가 있어요.

최　프랑스는 1789년 대혁명부터 시작해서 200년이 넘는 동안 그런 저항의식이 집단적으로 몸에 체화돼 있고, 대한민국은 조선왕조 500년 동안 방금 말씀하신 상징 폭력의 관습에 찌들어 있다 보니 너무나 자연스럽게, "나라가 어려울 때는 나라에 충성을 다하는 거야, 나라의 명령에 순종하는 거야" 하게 됐다 — 이렇게 개인 속에 체화된 아비투스의 차이 때문이겠군요.

박　실제로 지금도 많은 사람들이 의식 속에서 대통령을 나라님으로 생각하고, 정부에서 하라는 건 뭐든지 따르는 게 좋다고 생각하지요. 제도적으로는 70년 전에 민주주의 국가가 됐지만 의식은 아직도 조선시대 의식을 벗어나지 못한 것 아닌가 생각합니다.

최　그래서 저항하지 않는다 —

박　맞아요. 이건 불합리하잖아, 나의 자유가 뺏기는데, 왜 저항하지 않지? 그게 아비투스로 설명됩니다.

최　프랑스에서는 지금 백신 패스를 가진 사람만 어디 가고 들어가고 할 수 있다고 했더니 사람들이 거칠게 데모하고 그러고 있잖아요. 한국처럼 이렇게 순순히, 일일이 QR코드 찍거나 전화번호 적어 내는 나라, 전 세계에 거의 없습니다. 조선 500년의 상징 폭력이 지금 대한민국에 이렇게 영향을 미칠 거라고는….

박　지금도 그대로라고 저는 생각합니다. 프랑스 사람들이라고 미셸 푸코니 피에르 부르디외니 하는 학자들을 보통 사람들까지 다 아는 건 당연히 아니죠. 하지만 이런 철학 개념들이 알게 모르게 아래로 내려가니까요. 프랑스는 200년 전 대혁명과 이후 과정들을 통해서 시민의 자유가 얼마나 소중한지 알게 된 데 반해, 우리는 그런 과정이 없었기 때문에 아직도 조선시대 마인드에 머물러 있는 것이죠.

민주주의 체제에서 살고 있지만 이렇게 정신적으로는 아직 전근대가 지배하는 사회에서는, 아래 계층들이 자기 계급에 만족해서 살게 되겠죠. 계층 분포도를 한번 생각해 보세요. 10분위(상위 10%)니 1분위니, 기초수급자니 차상위계층이니 있잖아요. 그 분포 속에 자기 연봉을 집어넣으면 내가 거기서 상위나 하위 몇 퍼센트인지 딱 나오죠? 그 층위에 맞게 각자가 살게 된다는 겁니다. 자기한테 할당된 특징이 바로 자기의 특징이라고 생각하고, 자기 계층에게 거부된 것은 자기도 스스로 거부해야 된다고 생각합니다. 나에게 거부된 것을 거부한다—무슨 얘기냐 하면, 사치품 앞에서 "이건 내가 좀 절약하면 살 수도 있지만, 그러나 이건 나를 위한 게 아니야. 우리 같은 사람을 위한 게 아니야" 하게 된다는 겁니다.

최 잠깐 댓글창 질문 하나 소개하겠습니다. '헬프' 님인데요. "아비투스라는 게 우리의 정신세계를 지배한다고 하시는데, 요즘처럼 역동적인 사회에서는 우리가 쉽게 정복당하지 않지 않습니까? 유튜브나 인스타, 틱톡 같은 SNS에서 아주 쉽게, 자유롭게 취향이나 문화가 막 섞이다 보니까요. 그렇다면 '어떤 아비투스가 우리의 정신세계를 지배한다'는 건 요즘 세상에서는 약간…."

박 하하… 시청자 여러분의 이해가 매번 제가 준비한 순서를 조금씩 앞지르고 계시네요. 헬프 님 말씀대로예요. 안 맞아요. 부르디외가 이 말을 한 건 1979년입니다. 지금으로부터 40여 년 전이에요. 요즘 세상에 40년이면 석기시대와 철기시대의 차이잖아요. 그러니까 세부에서는 굉장한 차이가 있지만, 그럼에도 불구하고 변하지 않는 게 있는 것도 사실입니다. 단적으로 요즘 젊은 사람들은 계급 같은 것 신경 안 쓰고 사치하고 싶으면 마음대로 사치하고 그럽니다. 그걸 보면 '요즘은 계급의식의 내면화가 없다'고 생각할 수 있어요 그러나 또 반드시 그렇기만 한가요?

최　조선 500년의 상징 폭력이 지금까지 이어지는 것처럼, 아비투스의 뿌리 깊은 영향은 쉽게 끊어지지 않는다?

박　네, 여전히 유효합니다. 물론 디테일은 많이 달라졌어요. "자기 계급에 거부된 것은 스스로 거부한다"는 것도 사실 나이 든 사람들한테나 해당되는 얘기지요. 나이 든 사람들은 "자기 분수를 알아야지" 하고 안 사지만, 젊은 사람들은 그거 상관없어요, 그냥 돈 있으면 사고. 하류계층은 검소하고 겸손하고 눈에 띄지 않는 것을 미덕으로 삼는다는 것도 역시 요즘 젊은 사람들에게는 해당되지 않습니다. 옛날 사람들은 좀 좋은 게 있어도 자랑 안 하는 게 미덕이었는데 지금은 막 자랑하는 게 미덕이지요.

　그래서 이제 세대 간의 아비투스에 관해 이야기해 보려 합니다. "젊은 사람들은 열정이 있다"라는 말은 연장자들이 규정한 젊은 층의 성격입니다. 그리고 한시적으로 젊은이들에게 절대적인 자유를 부여합니다. "젊을 때는 좀 그래도 되지", 이런 식으로요. 젊은이들은 연장자들이 만들어 놓은 그 '젊음의 규정'을 받아들여서 자신들에게 부여된 일시적 자유를 마음껏 누립니다. 하지만 "젊을 때는 그래도 되지"라는 건 원천적으로 일시적인 시간이에요. "젊음을 지나면 그렇게 하면 안 돼"라는 게 전제되어 있어요. 그래서 그런 일시적인 자유를 한껏 이용해서 자신에게 규정된, 그러니까 이 사회가 젊은이의 고유한 미덕—용기, 청년의 열정, 남자다움 같은—이라고 정해 놓은 대로 젊을 때 하고 싶은 대로 다 하고 살겠다고 생각하는 겁니다. 옛날 르네상스기 피렌체의 청년이라면 연애도 하고 폭력도 휘둘러 보고, 오늘날의 젊은이라면 스포츠나 록 음악을 즐기고. 요컨대 자신을 젊음의 상태로 유지시키는 건데, 그 젊음의 상태라는 게 바로 열정, 마음대로 하기, 자유죠. 결국은 책임감의 포기입니다.

최 요즘은 '도전'도 중요한 키워드인데, 그게 청년들 자신이 아니라 기성세대, 연장자들이 규정해 놓은 거군요? 그런데 책임감을 포기하는 게 젊음이라고요?

박 네. "젊음은 마음대로 할 권리가 있어"라는 건 "젊을 때는 좀 책임감 없이 행동해도 괜찮아"라는 얘기잖아요. 책임감의 방기입니다. 그래서 자신을 무책임한 상태로 유지해요. 지금 젊은이들이 마음대로 행동하는 건 바로 무책임을 향유하고 즐기는 것이죠. 물론 일시적인 권리지만요. 하지만 어떤 위기 상황이 일어나면, 예컨대 자기 이익에 뭔가 굉장히 손해가 될 것 같은 상황에 접하면, 이때까지 자기 자유를 마음껏 즐기던 청년층이 더 이상 젊음의 그 자유를 누리지 않고 포기합니다. "나는 책임 있는 행동을 하겠다" 하고 나서는 거죠. 이렇게 젊음의 자유를 벗어 버리고 무거운 책임을 뒤집어 쓴 그들은 노년층을 공격하기 시작합니다. 노년층이 늙었다고 공격하는 거예요. 이런 경우 그 젊은이들은 '성인의 책임'을 갖기를 희망합니다. 전에는 그 책임을 다 버리고 자유를 누렸는데, 지금은 자신들이 그 책임을 지기를 희망하니까, 현재 그 책임을 맡은 사람들을 비난하게 되겠죠? 그래서 "그들은 꼰대다, 늙었다, 은퇴해야 한다"면서 그들의 늙음을 비난합니다.

최 그럼 지금 정치권에 불고 있는 세대교체의 바람도….

박 정치권뿐만 아니라 모든 분야에서요. 이런 말을 들으면 혹시 젊은 분들은 기분 나쁠 수 있어요.

최 저는 기분 나쁘지 않은 걸 보니 젊지 않은가 봅니다.

박 불쾌하시면 부르디외의 이론이 나온 1979년의 프랑스 상황이라고 생각하고 들으시면 돼요.

최 정말 기분 안 나쁘고요, 1979년이 아니라 딱 지금 우리나라 상황 같은데요?

박 그러니까 어느 시대에나 적용되는 면이 있는 게 사실입니다. 어느 시대나 노년은 젊음을 꾸짖고, 젊음은 언제나 노년에 저항합니다. 지금 청년-노년 이렇게 얘기 했지만, 사실은 지배계급과 피지배계급의 이야기가 되는데….

최 그리고 여성도요.

박 맞습니다. 페미니즘의 근거 이론이 그런데, '여성'과 '서민'과

'젊은이'가 3대 피지배계급입니다. 그래서 페미니즘이 굉장히 강력해진 오늘날에는 사실 잘 안 어울릴 수도 있어요. 하지만 전통적인 사회에서는 딱 맞는 얘기입니다. 우리만 해도 여자와 아이들을 동급으로 치부해서 '아녀자(兒女子)'라고 뭉뚱그렸잖아요? "아녀자가 뭘 알아" 하는 말을 우리 어릴 때는 예사로 들으면서 자랐어요.

최   사실은 우리만 그런 게 아니라, 서양도 불과 100년 전만 해도 여자들은 투표권이 없지 않았습니까?

과거는 현재에 이력을 남긴다

박   1940년대에야 여성에게 투표권을 준 나라가 수두룩하지요. 심지어 우리나라가 1948년 단군 이래 처음으로 남녀 20세 동등하게 투표권을 줬을 때도, 서양 선진국들 중엔 여성 투표 연령 기준이 더 높은 나라들이 있었어요. 서양이나 동양이나 똑같이 지배계급은 언제나 남성이었고, 여성과 청년은 언제나 아래계층, 즉 피지배계급으로 치부됐습니다. 지배계급은 자기들이 정신적이고, 영혼을 갖고 있고, 그래서 지성적이라고 했고, 여성과 청년, 그리고 같은 남자라도 가난한 계층, 이 세 그룹은 영혼이 없고 지성적이지 않은, 육체만 있는 존재라고 생각했습니다. 한마디로 동물이지요.

자, 이러한 아비투스의 성질 중에 '이력 현상'이라는 게 있습니다. '히스테레시스(hysteresis)'라는 물리학 용어에서 나온 건데, '어떤 객관적인 조건들이 변화해도, 앞선 변화의 이력들은 잔존해서 여전히 현재에 영향을 끼친다'는 것이 이력 현상입니다.

최 물리학의 관성의 법칙과 상통하는 것으로 이해하면 됩니까?

박 관성의 법칙은 '현재의 힘의 유무'가 현재의 정지나 운동 상태에 끼치는 영향이고, 히스테레시스는 '과거의 이력'이 현재에 끼치는 영향입니다. 아비투스는 개인의 취향으로 나타나는 것 같지만 사실은 그 개인이 속한 계급의 취향이라고 했지요? 이런 아비투스가 한 사회에는 당연히 여러 개 존재합니다. 그런데 아비투스가 딱 고정돼 있느냐 하면, 그렇지 않죠. 아까, 우리 젊은이들이 럭셔리한 거 마음대로 쓰고 그런다고 했죠? 벌써 변했어요. 그런데도 '이력 현상' 때문에 아직도 과거의 아비투스를 고수하고 있는 사람들이 많이 있어요.

최 386 운동권이 딱 그렇지요. 30~40년 전 대학 시절에 자기 선배들한테 배운 그 아비투스에 빠져서, 지금도 그 논리로 계속해서…. 그때 싸우던 군부 독재는 사라졌는데 아직도 무슨 독재하고 싸우는 것처럼 행동하고, 또 기득권 얘기하는데 지금은 자기들이 기득권이면서요.

박 자기들이 이미 기득권인데 누구를 보고 기득권이란 말입니까? 그렇게, 세상이 바뀌었는데도 그 논리를 그대로 가지고 가는 것, 그게 바로 히스테레시스, 이력 현상입니다. 부르디외가 말한 히스테레시스의 예 중에는 대학도 들어 있습니다. 과거에는 대학에 굉장히 높은 가치를 부여했잖아요. 그런데 지금은 학력의 가치, 대학의 가치가 곤두박질쳤어요. 그 가치가 하락했다는 걸 모르고 많은 사람들이 그냥 대학을 가려고, 자식들 보내려고 하는데, 이제는 더 이상 그럴 필요가 없다, 거기다 괜히 돈 들이고 시간 들일 필요가 없다는 게 이미 40년 전 부르디외의 생각입니다. 우리 사회에서도 이미 일어나고 있는 현상입니다.

최　코로나 유행하면서부터는 강의도 비대면, 줌(zoom)으로 하니까 대학 강의도 옛날같지 않다고 합니다.

박　반드시 코로나 때문이 아니라도, 결국 사이버 대학으로 갈 텐데 이걸 등록금 다 내고 다녀야 하나 하는 얘기도 있고요. 코로나로 인해 좀 더 그런 생각이 앞당겨졌을 뿐이지요. 그래서 이미 몇십 년 전부터 서구에서는 대학을 회의적으로 바라보는 시각이 대두했어요. 부르디외도 보드리야르도, 모두들 하고 있는 얘기입니다. 꼭 학문을 업으로 할 사람 아니면, 또 의술 같은 특수한 기술을 습득하려는 사람 아니면 그냥 졸업장만을 위해서 가는 게 현실이잖아요. 사실 요즘 세상에서는 대학 졸업장도 더 이상 필요 없어 보이는데, 우리나라의 여론 주도층이 대부분 대학 교수이다 보니 이런 얘기가 금기시돼 있습니다.

최　자기네 밥줄, 밥통을 깨 버리는 일이니까요.

박　다음은 '몸'의 문제로 넘어가 볼까 합니다. 우리는 신체적 특성에도 사회적 분류 체계를 적용합니다. 무슨 얘기냐 하면, 최상층에 있는 사람들은 외모도 출중하다고 생각하는 거죠. 대부분 맞기도 합니다. '트로피 와이프(trophy wife)'라고 해서, 돈 많은 사람들은 예쁜 여자와 결혼하니까 그 자녀들도 잘생기고 예쁜 건 당연하죠.

최 우리나라 재벌들만 봐도 일단 키는 많이 큰 것 같습니다.

박 그렇게 '신체의 표상'이 사회적 분류 체계와 일치하게 됩니다. 마치 생물학적 유전과 사회적 유전이 같다는 듯이 생각하는 거예요. 그런데 이건 대강은 맞지만 반드시 그런 건 아니거든요. 가끔은 생물학적 유전하고 사회적 유전이 서로 배반합니다. 가수나 배우 같은 연예인들 중에서, 너무 잘생기고 예뻐서 영락없이 부잣집 아들딸같이 생긴 사람들이 사실은 어릴 때 아주 가난했다고 고백하잖아요? 그런 거 보면서 참 의아하게 생각하고 "아니, 전혀 그래 보이지 않는데?"라고들 말하잖아요. 이게 생물학적 유전과 사회적 유전이 서로 배반한 경우입니다. 재벌도 그래요. 재벌 자녀들은 다 키 크고 잘생겼을 거라고 생각하는데, 대부분 그렇긴 하지만 그렇지 않은 사람들도 있어요. 이때도 역시 사람들은 같은 반응을 보입니다.

그리고 '지식인의 시대착오적인 아비투스'입니다. 모든 시대, 모든 나라의 민중주의적 지식인에 적용되는 이야기이고, 우리나라에도 딱 들어맞는 사례입니다. 우리 좌파 지식인들, 이 지식인들은 노동자 계급의 실제 조건을 묘사하기보다는 "그들이 그러할 것이다"라고 자기네가 그들에게 '투영'한 노동자 계급을 묘사하고 있어요. 바로 우리의 386 세대가 그렇습니다. 1980년대에 전부 공장에 들어가서 노동 현장 체험하고 나와서는 "노동자가 비참하다, 착취당한다" 어쩌고 했는데, 그 비참하다는 건 노동자 계급이 실제로 자기들을 평가하는 기준하고는 거리가 멀어요. 지식도 있고 학벌도 있는 자기가 위에서 내려다 볼 땐 불쌍했겠지요.

최 죄송합니다. 엉뚱하지만, 해병대 체험 하고 나온 여대생이 해병대 훈련 전체를 평가하는 모습이 갑자기 떠오르네요.

박 저는 안 봤지만, 어떤 상황인지 감이 오네요. 그렇게 실제보다 훨씬 더 비참하게 묘사하면서 필요 이상으로 분개하고, 자본주의의 악덕이니 사회적 모순이니 하고 떠든 겁니다. 이들이 한 행동이 '미제라빌리즘(miserabilism)', 프랑스어로 미제라빌리슴(misérabilisme)입니다. 〈레미제라블〉 다 아시잖아요. '레(les)'는 영어 'the' 같은 정관사고, '미제라블(misérables)'은 복수형으로 비참한 사람들이에요. 그 미제라블에 '-이즘(-ism)'을 붙여 미제라빌리즘이라고 했죠. 자신들의 이념적 정당성을 확보하기 위해 하류계층의 실상을 실제보다 더 비참하게 묘사하는 지식인의 행태를 말합니다. 그러니까 필요 이상으로, 실제 이상으로 그냥 비참하게 묘사하는 겁니다. 좌파 정치인들이 우리 사회가 양극화가 심해서 잘사는 사람들은 점점 더 잘살고, 못사는 사람들은 점점 더 못살게 됐다고 말하는 게 그겁니다. 하지만 다른 나라, 어떤 나라의 못사는 사람들에 비해 우리 사회의 아래 계층의 생활수준이 얼마나 높은데, 그런 얘기 안 하고 그냥 비참하다고만 묘사하는 것, 그게 바로 미제라빌리즘입니다.

이제 마지막으로, 예술 이야기입니다. 아비투스가 문화적인 취향이라고 했는데, 짐작하셨겠지만 문화 취향 중에서도 가장 중요한 형태는 예술의 향유라고 부르디외는 말합니다. 당장 프랑스가 미술에 굉장히 강한 나라고, 미술에 대한 관심도 높잖아요. 부르디외도 『미술에 대한 사랑』이라고, 미술에 대한 책도 썼어요. 부르디외는 미술에 대한 취향이 계급을 구분 짓는 바로미터라고 얘기했습니다. 우리나라에서도 약간은 비슷해요. 재벌들은 거의 모두 뮤지엄이나 갤러리 하나씩 갖고 있고, 그림이 엄청나게 잘 팔리고 있는 현상, 이것이 예술이 상류계급의 취미 또는 재테크라는 걸 입증하는 예입니다. 하지만 우리 일반 국민은 전체적으로 미술에 대해서 별로 관심이 없어요. 그래서 부르디외가 '예술의 향유'를 아비투스의 가장 중요한 형태라고 한 건 우리나라에서는 조금은 안 맞는 면이 있어요.

최 화면에, "학교 미술 시간에 겨우 세계적인 명화를 접해 보는 사람은 상류층의 취향을 따라갈 수 없다"는 얘기가 나오는데요.

박 무슨 얘기냐 하면, 학교에서 평등한 교육 시켜야 된다고들 말하잖아요. 그런데 평등한 교육이라는 게 사실은 굉장히 불평등한 교육이 될 수 있다는 얘깁니다. 왜냐하면, 이미 취학하기 전에 잘 사는 집, 상류층 아이들은 웬만한 미술을 이미 다 접하고 왔어요. 우리나라 얘기가 아니고 프랑스 얘깁니다. 어린 나이에 벌써 명화도 감상할 줄 알고, 음악도 들을 줄 알고. 프랑스에서는 이렇게 예술에 대한 취향이 굉장히 중요할지 몰라도, 우리나라 상황에서는 물론 그것도 중요하지만, 그것보다 더 중요한 건 영어 구사 능력이라고 생각합니다. 영어 구사 능력이야말로 상류층을 입증하는 가장 중요한 아비투스예요. 그렇다면 그 영어 교육을 위해서 초등학교서부터 집중적으로 교육을 시키는 게 온 국민의 평등화를 이루는 가장 빠른 첩경입니다. 영어 구사 능력이라는 건 사실 우리나라뿐만 아니라 전 세계에 해당하는 얘기예요. 프랑스 사람들, 자기네 언어에 그렇게 자존심을 갖고 있다고들 하지만 요즘은 영어 배우려고 굉장히 애를 쓰고 영어로 말하려고 애쓰고 있어요. 그만큼 영어는 미국이나 영국에 한정된 언어가 아니라 세계어거든요. 그런데 우리나라의 문제는 역시 또 좌파의 문제인데, 미 제국주의라고 하면서 반미 사상을 굉장히 고취시켰고 지금도 그러고 있어요. 미국은 가지도 말고, 영어는 배우지도 말라고 일반 민중들을 의식화시키고는—

최　그러면서 자기 자식들은 다 미국 유학 보냈어요.

박　다 유학 보냈죠. 자기들은 지금 상류층이 됐고 자기 자식들도 상류층에 진입할 것이 확실한데, 극단적으로 말하면 상류층이란 영어를 잘하는 것이니까요. 그렇다면, 국민의 평등화를 이루려면 학교에서 일찍부터 영어를 가르쳐야 되겠지요? 돈 없는 집 아이들도 영어를 일찍부터 배워야 하는데, 지금 학교에서는 왜 미국의 언어를 가르치느냐면서 못 하게 하잖아요. 그러면서 자기네 자식들은 다 미국 유학을 보냈어요. 가난한 계층의 아이들은 취학 전에 집에서 영어나 아까 말씀한 예술을 접해 본 적이 없어요. 이미 이렇게 큰 격차가 있는 아이들을 놓고 학교에서 똑같은 교육을 시킨다? 그러면 당연히 그건 불평등한 교육이 되는 거죠. 예술도 영어도 마찬가집니다.

최 부모가 이미 영어에 능숙하고 아이들 조기교육도 시킨 집안의 아이들이 학교에 와서 ─

박 선행학습 안 된 아이들하고 똑같이 놓고 가르치면, 부잣집 애는 점점 더 잘하는 거고, 가난한 집 아이들은 점점 더 못하는 거죠. 오히려 오히려 좌절감만 느낄 수 있고요. 그러니까 겉보기만 평등한 교육을 시킬 게 아니라, 그럴 때는 불균등 교육, 다시 말해 이미 잘 아는 아이들은 정규 시간에만 공부 시키고, 좀 모자라는 아이들은 과외나 심화학습 형태로 다시 교육시킨다든가 해야 한다는 게 부르디외의 주장입니다. 『미술에 대한 사랑』에 나오는 얘깁니다. 우리나라는 미술이 아니라 영어를 그렇게 가르쳐야 한다, 그래야 모든 국민의 평등화가 이루어진다고 저는 생각합니다.

최 결국 이명박 정권에서 도입했던 교육 방침이 정답인 셈이군요.

박 그런데, 그런 문화적 취향이 딱 고정돼 있는 게 아니고, 개인의 노력 여하에 따라서 얼마든지 그걸 뒤집어서 더 상위 계층으로 올라갈 수 있다, 그리고 자기 노력 여하에 따라서….

최 자기는 못 올라가더라도 최소한 자기의 자녀들은 끌어올릴 수 있다─

박 아니요, 자기도 올라갈 수 있습니다. 그만한 노력을 들이면 자기도 계층을 뛰어넘을 수 있습니다.

최　자기도 열심히 노력하면 문화적 자본을 쌓을 수 있다 — 그런데 시간이 걸리니까 아무래도 좀 어려워서요.

　　아무튼 아비투스라고 하는 것, 웬만해서는 쉽게 변하지 않고 머릿속에 각인돼 있는 아비투스 때문에 다른 계층에 대해 순간적으로 불쾌감이나 적대감을 느낄 수도 있는 거고요, 그럴 수 있다는 것을 받아들이면서 나를 이해하고 저쪽도 이해하는 공존의 방법도 찾을 수 있기를 희망합니다.

박　그런 점에서 인문학 독서가 중요합니다. 이런 것들을 아는 것과 모르는 것의 차이는 굉장하거든요. "바로 그런 게 아비투스야"라고 말할 수만 있어도 상류계층에 터무니없이 그냥 복종하거나 순종하지 않을 수 있어요.

최　저희가 점심시간을 희생해 가며 한 시간 반이나 말씀을 듣는 게 그런 이유입니다.

　　자, 이렇게 오늘은 아비투스에 대해 여러 가지 말씀 듣고 있는데요, 지금 우리나라에서 벌어지고 있는 사회 현상들을 어떻게 바라봐야 되는지, 사람들을 지배하고 있는 시스템은 무엇인지를 살짝 엿본 것 같습니다. 그리고 또 제가 왜 이렇게 생각하는지, 어떤 프로세스에 의해 제 머릿속에 그런 생각이 들어 있는지까지도 어릴 때부터 형성된 아비투스의 '이력 현상'으로 설명할 수 있다고 이해했습니다. 오늘은 좀 복잡하고 얘깃거리가 많아서, 저는 아무래도 끝나고 나서 한 번 다시 돌려보면서 이해를 하려고 노력해야 할 것 같습니다. 인문학으로 세상 읽기, 오늘도 소중한 시간 마련해 주셔서 감사드립니다.

박   감사합니다.

6

'아우라'가 사라진 정치

최대현 시청자 여러분, '아우라' 얘기 많이 들어 보셨죠? "그 여배우는 아우라가 막 풍기는 것 같아" 이런 말이요. 저희 세대 때 최고의 아우라를 가진 배우라고 한다면 누가 있을까요? 심은하 씨가 떠오르고 — 너무 올라갔나요? 아무튼 그런 여배우들이 등장했을 때 풍겨 오는 신비한 포스, 그게 아우라라고 저는 이해했습니다만, 그런 아우라가 꼭 배우나 스타들뿐만 아니라 정치인에게도 있다고 저는 생각합니다. 왜냐하면 이승만 대통령이나 박정희 대통령 또 심지어 지금 문재인 대통령조차도 처음 등장할 때 그 사람을 바라보는 지지자들은 그들에게서 아우라를 느꼈겠지요. 이 '아우라'란 무엇인지, 인문학에서는 어떻게 바라보며, 우리는 어떻게 이해하면 좋을지, 오늘도 박정자 교수님의 안내로 세상을 함께 읽어 보겠습니다.

지난 시간엔 '아비투스' 얘기를 했는데요, 저는 제 속살이 드러나는 것 같은 쑥스러운 느낌이 들면서도 재미있게 보고 들었는데, 끝날 때쯤 쏟아지는 시청자 여러분의 질문들을 시간상 미처 다 소화하지 못했습니다. '사피오드' 님, 공부를 많이 하신 분 같은데, "부르디외가 말하는 아비투스와 푸코가 얘기하는 '에피스테메'는 어떤 차이가 있느냐" 이런 질문 주셨어요. 오늘 말씀 시작하기 전에 설명 부탁드립니다.

박정자 네, 간단히 말씀드리면, 아비투스와 에피스테메 모두 똑같이 '권력'의 문제로 수렴합니다. 그런데 푸코의 에피스테메는 철학 얘기고, 철학 중에서도 인식론입니다. 부르디외의 아비투스는 사회학 영역입니다. 우선, 우리는 대상을 지각하고 판단하고 평가하면서 거기에 질서를 부여하지요? 이게 인간이 대상을 인식하는 방법인데, 그 인식 방법은 시대마다 다르다는 게 푸코의 에피스테메입니다. 아비투스도 인식 방법이기는 한데, 시대마다 다른 게 아니라 같은 시대, 한 사회, 같은 사회 안에서 계층마다 다르다는 얘기입니다. 그러니까 에피스테메는 통시적(通時的)인 인식 방법이고 아비투스는 한 시대 안에서도 다양한 공시적(共時的) 인식 방법이라고 할 수 있겠습니다.

최 제가 이해한 대로라면, 우리 같은 시대 안에서 계층별, 계급별로 다양한 아비투스가 존재하는데, 그 전체를 관통하는 어떤 공통의 인식 방법이 에피스테메라는 말씀입니까?

박 네, 아주 정확히 요약하셨습니다. 아주 우수한 학생이시네요.

최　하하, 감사합니다. 사피오드님께도 좋은 답변이 되셨기 바라면서, 오늘의 주제, '아우라'입니다. 시작하면서 말씀드렸지만 사실 아우라는 우리가 일상 쓰는 말이기도 한데요, 쓰기는 해도 막상 설명하라면 잘 못 하기도 하고요.

박　말씀대로, 아우라 하면 연예 예능 용어가 됐어요. 지난 일주일 예능 기사를 잠깐 훑어봤더니 케이블TV 중에 〈악마 판사〉라는 게 있더군요. 정선아가 서정학 앞에 "아주 고압적인 '오라'를 발산하며 다가서고 있다"는 기사가 있던데, 여기 '오라(aura)'가 바로 독일어 아우라(Aura)를 영어로 읽은 겁니다. 프랑스어로도 '오라'예요. 연예 기사나 패션 잡지 같은 데서는 '오라'라고들 쓰는데, 이 단어를 처음 미학 용어로 도입한 발터 벤야민이 독일 사람이기 때문에 학자들은 '아우라'로 읽습니다.

　기사를 마저 더 찾아봤더니, "신민아가 반려견의 얼굴 모양으로 만들어 준 케이크를 사랑스럽게 바라보며 미소를 짓고 있는데, 그냥 티셔츠하고 바지만 입었는데도 특유의 아름다운 미모와 아우라가 느껴졌다"—여기서는 아우라로 썼고요.

최　듣기만 해도 아우라가 팍팍 느껴집니다.

박　그리고 '악동 뮤지션'이라는 밴드 얘긴데, "이찬혁과 이수현이 만들어 내는 그 악뮤의 음악에 독보적인 색깔과 아우라에 뮤지션들이 함께하며 어떤 시너지를 발휘했을지 궁금증을 모은다"고 했군요. 이렇게 거의 매일 연예 기사에 아우라가 등장하네요. 첫 번째 기사의 '고압적인 오라'에서 아우라(오라)는 아마 '고압적인 카리스마' 비슷한 뜻으로 쓰인 것 같고, 두 번째 '아름다운 미모와 아우라'에서는 아름다움과 어울리는 어떤 속성, 그다음 '독보적인 색깔과 아우라'라는 독보적임, 유니크함과 관련해 썼네요. 이렇게 연예 기사를 통해 주로 접하는 말이 됐지만, 아우라는 발터 벤야민이라는, 1930년대에 활동한 독일 문예비평가의 대표적인 미학 개념입니다.

아우라를 벤야민은 이렇게 설명합니다. "공간과 시간으로 짜인 특이한 직물(織物)로서, 아무리 가까이 있어도 멀리 있는 듯이 느껴지는 감정."

최 직물이라니, 옷감 말인가요?

박 네, 텍스타일(textile)입니다. 다만, 실로 짠 천이 아니라, 공간과 시간을 씨줄과 날줄 삼아 직조한 특이한 직물입니다. 사실 모든 존재는 공간과 시간이 한데 엮인 어떤 것이잖아요.

최 영화 〈인터스텔라〉의 한 장면이 떠오르네요.

가까이 있어도 멀리 있는 듯한

박 우리가 지금 팬엔드마이크 스튜디오라는 공간에 있잖아요. 그리고 시간은 지금… 11시 10분입니다. 인간이건 사물이건 모든 존재는 이처럼 공간과 시간이 직물처럼 짜여진 결과물입니다. 공간과 시간으로 짜인 그런 직물. 그런데 이제 여기서부터가 중요해요. "아무리 가까이 있어도 멀리 떨어져 있는 것처럼 느껴질 때 그 것이 아우라"라고 벤야민은 말했어요. 한번 생각해 보세요. 아우라가 느껴지는 어떤 사람이 바로 내 옆에 있어요. 근데, 아무리 가까이 있어도 어쩐지 가까이 있는 사람이 아니고 멀리 있는 사람 같이만 느껴져요.

최　물리적인 거리는 가깝지만 마치 나와는 다른 세계에 속한 것 같은 어떤 ─

박　아득하게 멀리 있는 사람같이 느껴질 때, 그때 그 사람에서 풍기는 기운이 바로 아우라입니다. 어찌 보면 문학소녀들이 흔히 말하는 '감성'하고도 상통해요.

벤야민은 이런 예도 들었습니다. "어느 여름날 오후 긴 의자에 누워 휴식을 즐기고 있을 때, 저 멀리 지평선의 산맥이나 나뭇가지에서 우리는 그 산과 숲의 아우라를 느낀다." 상상해 볼까요. 요즘 같은 더운 여름날 오후에, 내가 산 그림자 드리운 도시 근교 별장 테라스에 앉아 저 먼 쪽 산의 숲을 바라보고 있어요. 이때 산과 숲은, 뭐 얼마큼 거리는 있지만, 그래도 내 옆에 가까이 있는 거잖아요. 충분히 가까이 있는데, 갑자기 그 산과 숲이 아득하게 멀리 느껴지는 거에요. 그럴 때 그 멀리 느껴지는 느낌, 그게 바로 아우라라는 겁니다. 이런 식으로 가까이 있는 어떤 사물, 어떤 사람이 갑자기 멀리 있는 것처럼 느껴지는 한순간, 그때의 기분이 바로 아우라입니다.

최　교수님 설명을 들으면요, 댓글에도 그런 게 있었는데, 어려운 이야기를 당의정 씌운 듯 잘 떠먹여 주셔서, 실례지만 박정자의 '정'자가 당의정의 '정'인가, 이런 얘기가 있었습니다. 매번 귀에 딱 꽂히는 설명, 시청자 여러분을 대신해서 제가 다시 한 번 감사 말씀 드립니다.

박 감사합니다. … 벤야민의 아우라가 예술작품과 관련해서 처음 나왔으니까, 예술작품을 갖고 생각해 보죠. 여기 하나의 회화작품이 있습니다. 화가가 이 그림을 그렸을 때 이 그림은 이 세상에 처음으로 탄생한 유일한 작품이었겠지요? 그게 원본, 오리지널(original)입니다. 그런데 누군가 아주 손재주 좋은 사람이 그걸 똑같이 베껴 그려서 진품인 척하고 팔았다면 그건 위작이 돼죠. 카피(copy)요. 사진기가 발명되기 전까지 이런 모방, 모사는 손으로밖에 할 수 없었어요. 사진술이 발명된 1839년쯤부터는 사진으로 무한하게 복제할 수 있게 됐지요. 이때부터 '원본과 복제'의 문제가 생깁니다. 원본은 진품이죠. 우리가 작품의 '진품성'이라고 말할 때 그 진품성이 바로 원본을 말하는 겁니다. 손으로 똑같이 베꼈든 사진으로 찍었든 간에 원본이 아닌 모든 모사품은 복제입니다.

그런데 가장 완벽하게 복제해도 결코 복제할 수 없는 한 가지가 있어요. 어떤 유명한 화가의 그림을 어떤 아주 손재주 좋은 다른 화가가 완전히 똑같이 베껴 그렸다고 합시다. 보통 사람들은 원본과 거의 구별하지 못할 정도로요. 그래도 단 한 가지 다른 점이 있어요. 그게 바로, 그 원본만이 갖고 있는 아우라입니다. 아우라는 복제할 수 없어요.

아우라는 화가가 그림을 다 완성시켰을 때의 바로 그 순간입니다. 그림을 그리고 있던 그 시간, 그리고 그림을 그리고 있던 그 장소, 그야말로 시간과 공간의 직물입니다. 그 순간을 화가는 '지금'이라고 했을 것이고, 그 장소를 '여기'라고 했을 겁니다. 이 순간이 바로 진품입니다. 진품이라는 건 다시 말해서 그 작품의 '지금 여기(here and now)'입니다. 헤겔은 라틴어로 '히크 에트 눙크(hic et nunc)'라고 했지요. 작품의 '지금 여기'가 바로 진품이고 아우라입니다. 한 화가의 그림을 손재주 좋은 사람이 손으로 복제했건 사진으로 기계적으로 복제했건, 그 복제품에는 바로 그 최초의 '지금 여기'가 없습니다. 겉모습은 그대로 복제할 수 있어도 그 그림이 처음 그려진 시간과 장소가 어우러진 텍스타일은 복제할 수 없는 거죠. 아무리 완벽하게 복제해도 결코 복제할 수 없는 한 가지, 예술작품의 '지금 여기'라는 겁니다. 원본이 갖고 있는 '지금 여기'가 바로 아우라입니다. 그러니까 아우라는 진품성(authenticity)입니다. 예를 들어 비너스상을 생각해 보죠. 비너스상은 고대 그리스 시대에는 경배의 대상이었고 중세로 오면 불길한 이교도의 상징이어서 사제들이 기피한 대상이었는데, 진품의 비너스상에서는 아우라가 느껴집니다. 유명한 그림으로는 〈모나리자〉, 그리고 우리 한국의 예를 들어본다면, 백제 시대의 반가사유상이 있잖아요. 그런데 사진으로 찍어서 엽서나 달력에 찍으면 원본 〈모나리자〉와 똑같은 그림인데, 아무리 똑같아도 루브르 박물관에 걸린 그 〈모나리자〉하고 똑같지 않아요. 진품에서 풍기는 뭔가를 사진에서는 느낄 수가 없어요.

그게 바로 아우라입니다.

최　저는 루브르 박물관 가서 〈모나리자〉를 봤을 때, 〈모나리자〉 그림이 그렇게 작은 줄 처음 알았어요. 굉장히 큰 홀에 사람들이 그득한데, '내가 고작 이 고생을 하려고 여기까지 이걸 보러 왔나, 차라리 미술 책에서 보던 〈모나리자〉가 더 좋았는데' 이런 느낌을 받았거든요.

박　하하, 개인적으로는 〈모나리자〉 예가 별로 안 좋으셨겠네요. 딴 얘기지만, 사람들 입에 회자되는 너무 유명한 작품들은 가끔 그렇게 실망감을 주기도 합니다. 기대가 너무 컸기 때문이기도 하고, 또는 클리셰(상투성)에 대한 거부감 때문이기도 할 겁니다. 그럼 빈센트 반 고흐의 〈별이 빛나는 밤〉 같은 작품을 생각해 볼까요? 파란 별빛이 이렇게 빙 둘러쳐진 그림. 그 그림을 우리는 달력에서도 보고 머그잔에서도 보고, 많은 상품에서 그걸 쓰거든요. 진짜 그림과 달력 그림은 시각적으로는 똑같지만, 그러나 반 고흐가 그 그림을 그릴 때 바라봤던 그 하늘 ─

최　아, 그 느낌! 그때의 그 시간은….

박　그건 절대로 복제할 수 없는 것이죠.

　　그런데 기술 복제는 사진의 발명 이후에 가능해졌다고 하는데, 그 기술 복제에도 양면이 있어요. 우선 기술 복제로 아우라가 없어졌다고 아쉬워하지만, 기술 복제에는 굉장히 좋은 점도 두 가지 있습니다. 첫 번째로 기술 복제, 그러니까 사진은 원본에 비해서 굉장히 독립성이 있어요. 달력 그림이나 그림엽서 같은 건 논외로 하고, 어떤 유명한 그림을 어떤 TV 프로듀서가 잘 찍어서 프로그램으로 만들었다고 생각해 보세요. 그림을 아주 세밀하게 확대해서 클로즈업 시키기도 하지요. 이때 복제된 그림은 원본하고는 완전히 다른 독자성을 갖게 됩니다. 시청자들에게 가까이 다가가 디테일하게 설명해 주는 독자성을 갖고 있어요. 그리고 그 나름으로 굉장히 아름답기도 합니다. 이런 식으로 기술 복제는 그 나름의 독자성이 있는데, 이걸 더 발전시킨 것이 앤디 워홀의 그림들입니다. 워홀은 순전히 복제만을 이용해 미술사를 바꾼 작품들을 만들어 냈습니다. 마릴린 먼로나 마오쩌둥 같은 사람의 사진들을 그냥 가져다가 썼잖아요. 그 사진들에다 색깔만 여러 가지로 다시 입히고 자기 사인을 하고 그걸 작품이라고 내놓았어요. 그런데 지금 그 작품들이 어마어마한 값으로 팔리고 있잖아요. 이게 바로 기술 복제가 갖고 있는, 원본을 뛰어넘는 독자성입니다.

또 하나는 강력한 대중성입니다. 원본이 도저히 갈 수 없는 장소에 카피들은 얼마든지 갈 수 있잖아요. '모나리자의 미소'가 신비하다고 아무리 글로 배워도, 만일에 원본만 고집하고 사진으로 찍을 수 없다고 하면, 해외여행을 할 수 없는 세계의 모든 가난한 계층은 이 그림을 볼 수 없겠죠. 그런데 그걸 사진으로 찍어서 온 세계의 미술 교과서에 실리니까 온 세계 사람들이 다 모나리자의 미소가 뭔지를 알게 되는 거예요. 이렇게 기술 복제에는 고급문화를 대중화시키는 기능이 있습니다. 예술의 대중화에 굉장히 기여를 한 거죠. 그래서 기술 복제는 대중문화의 시대를 열었다고 할 수 있어요.

대중 시대가 된 이후에 사람들은 공간적으로 사물에 좀 더 가까이 가려 하는 욕구가 있어요. 여느 사물도 그렇지만 특히 예술 작품 같은 걸 좀 더 가까이 가서 보고자 하는 강한 욕구가 있지요. 그런데 가까이 가서 본다는 것, 보통 사람들이 비싼 돈 내고 비행기 타고 프랑스까지 가서 루브르 박물관에서 본다는 것, 굉장히 힘들잖아요. 그런데 그 욕구를 기술 복제 사진이 충족시켜 줍니다. 대중이 점점 더 그런 걸 원하기 때문에, 기술 복제는 점점 더 확대될 겁니다. 그림만이 아니라 음악도 마찬가지예요. 음악도 중세의 어떤 성당에서 어떤 합창단이 불렀던 합창, 그건 그때 그 자리에 앉아 있던 신도들만 들을 수 있었잖아요. 그런데 그걸 녹음해서 음반으로 내면 많은 대중이 들을 수 있게 되지요.

최　기술 복제라는 게, 원본을 뛰어넘는 독자성도 가지고 있고, 또 대중성이라고 하는 새로운 지평을 열어서 대중문화 시대를 여는 거군요. 하지만 복제에는 아우라가 없다면서요?

박　맞아요, 원본에 있는 아우라가 복제에는 없어요. 그런데 만약, 아우라가 있건 없건 대중은 상관하지 않는다면요?

최　루브르 박물관의 〈모나리자〉이건 책받침 같은 데 있는 〈모나리자〉이건….

박　그냥 "아, 그 미소가 똑같지 뭐가 다르냐?" 이렇게 생각하는 거죠. 대중은 아우라가 있건 없건 관계치 않아요.

그런데 원본과 복제를 다시 한 번 생각해 보면, 원본은 유일해요. 유니크해요. 단 하나밖에 없어요. 이른바 일회성 또는 유일성이라는 것, 단 하나밖에 없는 거죠. 다른 게 있다면 그건 복제고 불법이죠. 그리고 원본에는 영속성이 있어요. 〈모나리자〉는 영원히 거기 있을 거잖아요. 그러나 리프로덕션이나 카피, 복제물은 유일하지 않아요. 사진으로 누구든지 막 찍어서 수십만, 수백만 개도 나올 수 있어요. 그러니까 다수성인데, 벤야민은 다수성 대신 복제 가능성(reproducibility)이라고 했어요. 그 하나하나는 영속성이 없습니다. 스마트폰 사진을 생각해 보세요. 사진 찍고 잘 안 나오면 그자리에서 지워 버리고 하잖아요. 덧없어요. 영어로는 transitoriness 라고 합니다.

지금까지 한 말씀을 도표로 정리해 봤습니다. 왼쪽은 진품, 오리지널이고 오른쪽은 복제품, 카피입니다. 오리지널은 유니크해요. 유일합니다. 그리고 영속성이 있어요. 벤야민 원서를 영미권에서 영어로 번역하면서 번역본마다 단어가 조금 다른데, 어떤 책은 'uniqueness-permanence'라고 했고 어떤 책은 'uniqueness-duration'이라고 했습니다. 그럼 복제품은 어떤가? 이건 유일성과 대척되는 거죠. 얼마든지 복제가 가능해서 reproducibility입니다. 그리고 하나가 영원히 지속되는 게 아니라 수없이 복제 가능하니까 마구 버리고 새로 찍잖아요. 그러니까 영원성이나 지속성이 아니라 덧없는 것, 찰나적입니다. 영어로는 transitoriness, reiterability, transience 등으로 제각각이고요. 우리말로는 진품이 유일무이한 걸 '유일성', '일회성'이라고 많이 번역합니다. 일회성,

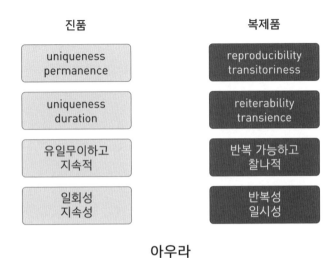

진품　　　　　　　　복제품

진품	복제품
uniqueness permanence	reproducibility transitoriness
uniqueness duration	reiterability transience
유일무이하고 지속적	반복 가능하고 찰나적
일회성 지속성	반복성 일시성

아우라

단 하나—그리고 지속적, 또는 영속성이에요 그런데 복제품은 반복 가능하죠. 그러니까 유니크하지 않고 숫자가 많고, 찰나적이고 덧없어요.

그런데 처음에 우리가 아우라를 소개하면서, "아무리 가까이 있어도 멀리 떨어져 있는 어떤 것의 일회적인 현상"이라고 했잖아요? 벤야민의 그 정의에서 예술작품의 제의적(祭儀的) 가치가 떠오릅니다. 제의란 제사 지내는 의식, 그러니까 컬트(cult) 또는 의례(ritual)입니다. 왜 제의적 가치냐? 멀리 있다고 했죠? 아무리 가까이 있어도 멀리 있는 것처럼 느껴진다고 했어요. 멀리 있다는 건 내가 가까이 갈 수 없다는 뜻이잖아요. 범접할 수 없다. 그런데 범접할 수 없다는 건 초월적이거나 위대한 사람이나 물건, 저 멀리 있는 어떤 것이잖아요. 종교적인 게 느껴지죠? 신도 범접할 수 없고, 위대한 사람도 범접할 수 없고. 멀리 있는 것으로 느껴진다는 건 그렇게 제의적인 가치를 동반하는 겁니다. 물질적이어서 가깝게 느껴져야만 하는데 이상하게도 멀리 있는 듯 느껴지는 데서 오는 제의적 가치, 그런 아득한 분위기가 아우라입니다.

제의가치가 나왔으니 말씀인데, 벤야민이 보기에 예술작품의 역사라는 건 '제의가치(cult value)'에서 '전시(展示)가치(presentability)'로 옮아온 역사입니다. 말하자면 제사상에 놓던 물건이 지금은 갤러리에 전시되어 많은 사람들이 관람도 하고 돈을 주고 사기도 하는 물건이 됐다는 말입니다. 지금 예술작품이라고 해서 집에다 걸고 놓고 하는 그 그림과 조각품들이 원래 옛날에는 제의에 쓰던 물건이었다는 겁니다. 신상(神像)이나 신을 형상화한 그림이 대표적인데, 현대로 오면서 예술작품의 제의적 가치가 점차 사라집니다. 제의가치가 지배하던 시대에는 예술작품들이 아주 은밀한 곳에 숨겨져 있었어요. 어떤 신상은 밀실에 있어서 승려들만 본다든가, 어떤 성모상은 거의 1년 내내 베일에 가려져 있다든가, 중세 사원의 어떤 조각들은 지면에서는 전혀 보이지 않는 곳에 있다든가 그랬어요. 그림도 옛날에는 모자이크 벽화나 성당의 프레스코화 같은 것만 있었는데, 그것들은 그 성당에 가야만 볼 수 있는 거잖아요. 신도들은 그 앞에서 기도를 했고요. 완전히 제의적 가치만 있었던 겁니다. 그런데 그런 조각과 그림들이 차츰 대중의 눈앞으로 나오기 시작합니다. 조각품은 거리에 세워져 많은 사람들이 볼 수 있게 되고, 성당 안에 있던 벽화는 작은 캔버스에 옮겨져 많은 사람들이 보게 되는 식으로, 제의가치가 전시가치로 이행했습니다.

최 그렇군요. 미켈란젤로의 〈천지 창조〉만 해도 천장에 그렸는데 원래는 거기가 성당이라, 예배를 드리러 가서 신을 생각하고 천장을 바라봐야만 그 그림을 볼 수 있었겠군요.

제의(祭儀)가치에서 전시가치로

박 그런데 화가들이 벽화 대신 점점 나무판에 그림을 그리기 시작했습니다. 패널화라고 하는데, 그러니까 그림이 작아졌겠죠? 예술작품의 가치가 제의에서 전시로 이행하는 과정입니다. 그다음은 캔버스화입니다. 이젤 위에 캔버스를 올려놓고 그리기 시작하면서 그림이 더 작아졌어요. 과거에는 그림이 제의에 쓰였기 때문에 제 자리에 붙박이로 있었는데, 이제는 그것들을 움직여 대중 앞에 전시할 수 있게 됐어요. 이동성이 좋아지니까 화가들이 밖에 나가 풍경화도 그리고, 실내에서 초상화도 그릴 수 있게 됩니다. 이젤화의 시대가 개막하면서, 그림의 가치가 제의가치에서 더 본격적으로 전시가치로 옮아갑니다. 그래서 예술의 역사는 제의에서 전시로의 이행이라는 겁니다.

음악도 마찬가지예요. 처음에는 성당 안에서 합창단이 신도들한테만 들려주던 것이 근대에 접어들며 오페라 극장이나 콘서트홀에 대중을 모아 놓고 하는 공공 콘서트가 생기고, 녹음 기술이 발명되면서 음반도 만들어지잖아요. 이런 게 음악의 전시가치입니다.

최　우리가 지금 예술이라고 부르는 게 처음에는 신을 묘사하고 찬양하기 위한 것으로 시작됐지만 나중에는, 인간은 기본적으로 신을 닮고 싶고 자기를 보통 사람들과 차별화하고 싶어 하는 그런 본능, 그런 아비투스를 가지고 있으니까, 그 신격화된 예술품을 내가 소유해서 다른 사람들에게도 보이고 싶다, 그런 식으로 발전해 오기도 했겠군요.

박　그런 면도 있지요. 그래서 지금은 더 이상 예술작품에 제의적 가치는 없어요. 누구도 더 이상 예술작품을 종교적인 목적으로 쓰지 않아요.

　우리가 지금 살고 있는 사회는 대중사회이고, 점점 더 고도의 대중사회로 가고 있습니다. 그런데 대중이란 근본적으로 아우라와 거리가 멀죠. 그러니까 현대는 아우라가 붕괴된 사회입니다. 예술의 가치가 제의가치에서 전시가치로 옮아갔다는 건 아우라의 붕괴를 의미하는데, 이런 아우라의 붕괴를 초래한 사회적 조건 두 가지 중 하나가 카메라의 발명입니다.

최　그러니까 카메라가 발명된 1839년이 그 하나고요….

박　그리고 또 하나, 이건 좀 더 정신적이고 사상적인 요인인데, 바로 사회주의의 대두입니다. 그러니까 마르크스 이전에 이미 발생하기 시작한 초기 사회주의가 대중사회의 기폭제라고 할 수 있어요.

　사회주의 부분은 다른 문제고, 지금 우리의 주제는 미학적인 아우라입니다. 인류 최초의 기술 복제 수단은 사진이에요. 르네상스 시대부터 회화가 활발하게 그려지면서 그 후 한 300~400년 동안 많은 그림들이 그려졌습니다. 이 시대 그림들은 더 이상 종교화가 아니고 아름다움에 대한 세속적 추구였죠. 그러다가 드디어 19세기 중반에 혁명적인 복제 수단인 사진술이 등장합니다. 사진이 등장하면서 예술작품은 비로소 아우라에서 해방됐습니다. 사진의 네거티브 필름 하나 갖고 다량의 인화가 가능하게 됐으니까요. 사진에서 어느 게 진품이냐 따지는 건 무의미합니다. 처음에 인화한 거나 나중에 인화한 거나 다를 바 없잖아요. 이제 예술은 제의가치를 완전히 잃고 전시가치만 갖게 됩니다.

물론 사진 이전에도 원색제판법이나 윤전기 등 복제 기술이 전혀 없었던 건 아니죠. 책만 봐도 옛날에는 양피지에다가 손으로 일일이 써야 했는데 구텐베르크의 활판인쇄술 이후에는 대량으로 찍게 됐잖아요. 인쇄라는 게 벌써 복제의 수단이죠? 그런 복제 수단이 사진 이전에 이미 있었던 겁니다.

또 19세기 들어 학교 교육이 보편화됩니다. 의무교육도 시작됐어요. 그리고 산업혁명 이후로는 노동자들의 임금도 많이 올라서, 읽을거리나 영상을 찾는 엄청난 규모의 대중이 생겨납니다. 바로 이 시점에 올더스 학슬리라는 소설가가 재미있는 얘기를 했어요. 19세기 초에서 20세기 바로 직전까지 100년 동안 인구는 두 배 늘어났는데, 읽을거리나 볼거리는 적어도 20배, 50배, 심지어 100배가 늘었다는군요. 벌써 100년 전에 문화의 대중사회가 됐다는 얘깁니다. 그전에는 대중은 읽거나 보는 것에 관심이 없었어요. 그런데 100년 동안 읽을거리, 볼거리가 20배에서 100배까지 늘었다면, 그것을 창작하는 사람의 숫자도 20~100배가 늘어야겠죠? 100년 전에 한 사람의 천재 예술가가 할 일을 100년 뒤에는 한 20명 내지 100명의 예술가가 있어야 할 수 있는 것 아니냐는 얘기예요. 그래야 비례가 맞잖아요. 그런데 창작자의 숫자는 그렇게 정비례로 늘지 않았어요. 예술을 즐기는 대중의 숫자 증가와 예술적 재능이 늘어나는 속도가 비슷하게 가지는 않는단 말입니다.

최   그러니까 미켈란젤로나 반 고흐 같은 천재는 어느 시대나 극소수인데….

박   그런 작가의 숫자는 과거랑 비슷하거나 기껏해야 두세 배 늘었을 텐데 예술을 즐기는 사람은 100배가 됐다면, 당연히 예술의 질이 떨어지겠지요. 대중적인 작품만 많이 나오니까요.

이 이야기를 사진과 관련해 집중적으로 해 보겠습니다. 벤야민의 『기술 복제 시대의 예술작품』이라는 책은 1935년에 나온 책입니다. 사진기가 1839년에 발명됐으니까 그때부터는 거의 100년 뒤이고, 영화는 뤼미에르 형제가 파리에서 영화를 처음으로 상영한 게 1896년이니까 그로부터는 한 40년 지난 시점이죠. 벤야민이 말하는 기술 복제라는 건 그러니까 사진과 영화뿐이었습니다. 지금 같은 컴퓨터 시대가 아니에요. 라디오가 최첨단 매체였죠. 그 1935년 시절에 벤야민은, 기술 복제가 대중운동에 최적화된 매체라고 했습니다. 필름을 인화해서 수많은 사진을 찍어 내는 대량 복제가 결국 대중 시대를 만든다고요. 대중과 대량 복제는 아주 궁합이 잘 맞아요. 예를 들어 어떤 축제 행렬, 대규모 집회, 대중적인 스포츠 행사, 심지어 전쟁 장면을 사진이나 영화로 찍는다는 것은 그 자체가 대중 시대를 여는 중요한 이벤트입니다. 이런 것은 육안으로 봐서는 아주 작은 일부밖에 못 봐요. 그런데 그걸 사진으로 찍으면, 조감도(鳥瞰圖)처럼 말 그대로 새의 눈으로(bird's eye view) 내려다보면 전체를 다 볼 수 있어요. 물론 오늘날은 그런 기술이 그때랑 비교도 안 되게 발전했지만요. 사실은 전쟁도 거기 참가해 싸우는 병사들에게는 커다란 스펙터클은 전혀 보이지 않고 그냥 국지적인 전투가 다였을 거 아닙니까? 그런데 그걸 영화로 만들어 놓으면 얼마나 멋있는 스펙터클이 나옵니까? 대규모 집회 같은 것도, 그 안에 직접 들어가 있으면 막연하게 "아! 대단하구나" 정도지만, 광화문에서 남대문까지 사진으로 찍어 놓으면 어마어마한 인파가 그야말로 실감이 되지요. 이게 바로 탄핵의 비밀이기도 했고요. 100만 명 운운 거짓말하면서 더 어마어마하게 느끼도록 유도하는. 이런 대중사회를 기술 복제가 이끌고 간 겁니다.

최 도중에 인쇄술 말씀하셨는데, 인쇄술의 발달로 성경이 널리 보급되고 신문도 만들어지지 않았습니까? 그사이 종교개혁도 일어났고요. 그랬는데 사진과 영화가 보급되니까 소위 대중문화 혁명이 일어난 거군요.

박 그렇습니다. 그 대중의 움직임은 육안보다는 카메라 렌즈로 더 잘 파악됩니다. 수십만 군중이 모인 것을 표상으로 전달하는

데는 사진이나 영화 같은 매체가 가장 효과적이죠. 대중운동, 대중 집회, 특히 전쟁을 시각적으로 전달하는 데에는 기술 복제가 가장 적합한 형식이라고 할 수 있습니다.

사진의 역사를 한번 훑어볼까요. 프랑스의 니엡스와 다게르가 거의 동시에 카메라를 발명합니다. 다게르는 요오드(아이오딘) 처리된 은판에다가 피사체에서 반사된 빛을 쪼여 연한 회색의 상을 만들어 냈습니다. 하나의 은판이 단 하나의 사진을 만들어 내는 것이었죠. 1839년에 은판 하나 값은 평균 금화 25프랑이었대요. 그래서 귀금속처럼 케이스 속에 보관하기도 했답니다.

사진의 발명은 회화에도 변화를 몰고 옵니다. 우선 그림을 그리는 화가들이 굉장히 위기감을 느껴요. 그전에는 사람이건 풍경이건 그림이 재현해 보여 줬는데, 이제는 사진이 그걸 대신하니까요. 그때 어떤 화가들은 '똑같이 그리기'로 사진과 경쟁하는 대신, '그림만이 할 수 있는 것'에서 길을 찾았습니다. 인상주의가 그런 경우죠. 그런가 하면, 사진이 발명된 지 70년 뒤에 활동한 위트릴로라는 화가는 파리의 거리와 건물들을 주로 그렸는데, 실물을 가서 보고 그린 게 아니라 엽서 사진을 보고 그렸다고 합니다.

그런데 사진도, 초창기 원판 하나당 한 장 나오는 은판사진은 원시적이었잖아요. 그런 초창기 사진에는 아우라가 있었다고 벤야민은 말합니다. 왜냐하면 아우라는 시간과 공간이 합쳐진 어떤 유일한 현상인데, 초창기 사진에는 그런 것이 있었지요. 우리, 집에 다들 옛날 사진 몇 장씩은 있잖아요? 70~80년 넘은 흑백 사진들이요. 할아버지의 젊을 적 독사진, 온 가족이 모여서 찍은 사진들, 흑백 사진이고, 세월이 흘러 퇴색까지 돼서 어떤 아우라가 느껴지잖아요. 아득하게 느껴지는 분위기, 바로 그런 아우라가 초창기에는 있었어요.

초창기에는 카메라 기술이 아직 미숙해서 재미있는 얘기도 있었어요. 지금 같으면 스냅사진은 그냥 휙 찍고 버리고 하지만, 당시만 해도 촬영 과정이 간단하지 않았거든요. 나이든 분들은 어렸을 적 사진관 가서 원판사진 찍으면서 카메라 앞에 꽤 오래 앉아 있었던 기억들이 있으실 텐데, 초창기 은판사진은 그 정도가 아니라 한번 찍으려면 카메라 앞에 몇 시간씩 꼼짝 않고 앉아 있어야 했어요. 한편으로 엄청난 스트레스였을 테니 수줍은 표정이 나올수밖에 없고, 다른 한편 바로 거기서 영속성 또는 지속성이 사진에 흘러들어 가는 겁니다. 요즘 휴대폰으로 찍는 사진의 찰나성과 비교하면 무한이나 다름없는 시간이죠. 초기 사진들은 그렇게 해서 지속성을 갖게 됐어요. 그 지속성이 바로 아우라잖아요. 초창기 사진이 아우라를 갖게 된 건 촬영 시간이 많이 걸리고 거리감을 유발하는 촬영 기법 덕분이라고 벤야민은 말합니다.

벤야민이 소개한 초창기 사진 한 장 볼까요? 오른쪽 남자는 사진가 카를 다우텐타이(Karl Dauthendey)이고, 그 옆은 그의 약혼자입니다. 1857년 사진인데, 다우텐타이는 이 약혼자와 결혼했고 자녀도 많이 낳았는데, 이 부인이 나중에 동맥을 끊고 자살해요. 사진을 보면 여자의 시선에 어쩐지 불길한 기분이 느껴지지 않는가,

하고 벤야민은 묻습니다.

최 남자는 렌즈를 응시하고 있는데 여자는 카메라를 정면으로
바라보고 있는 게 얼른 눈에 띄네요.

박 그렇게 옛날 사진들엔 아우라가 있었는데, 초창기라 사진이 굉
장히 비쌌으니까 아무거나, 예를 들어 풍경 같은 걸 막 찍을 수는
없었고, 사진 하면 으레 사람만 찍었어요. 회화로 치면 초상화하고
똑같은 거죠. 유럽의 고성(古城)들에 가 보면 선조들의 초상화를
주욱 걸어 놨잖아요? 그 초상화를 사진이 대체해요. 우리나라도
한 1950~60년대만 해도 웬만한 집 대청마루 기둥에는 할아버지
나 할머니 사진이 걸려 있었어요. 초창기엔 사진 하면 초상사진이
에요. 멀리 떠난 사람, 돌아가신 할머니 할아버지를 기억하게 하는
역할을 초상사진이 했어요. 그런데 떠나거나 죽은 사람을 기억한
다는 것, 이건 이미 제의적 의미 아닙니까? 초창기 사진은 그래서

제의적인 가치도 있었어요.

그러다가 필름 값도 싸지고, 사람만 찍는 게 아니라 그냥 길거리 같은 것도 찍기 시작했어요. 사진에서 사람이 뒷전으로 밀려나게 되면서 사진의 제의적 가치가 사라지게 됩니다. 전시적 가치만 남는 거지요. 최초로 거리 사진만 찍은 사람은 외젠 아제(Eugène Atget)라는 사진가인데, 1910~20년 사이 파리의 거리들을 주로 찍었어요. 예를 들면 이런 겁니다. 여기 길거리 건물들만 찍었지 사람은 하나도 없잖아요. 마치 범행 현장이라도 찍듯이요. 어떤 범죄가 일어나서 경찰이 가서 증거 확보하려고 현장 사진을 찍을 때, 사람은 없잖아요. 그렇게 사람의 모습이 전혀 없는 20세기 초 파리 거리를 찍었어요. 사진에서 사람이 없어지고 거리 모습만 나왔다는 것, 이것은 사진에서 이제 제의적 가치는 사라지고 전시가치로 옮아갔다는 것을 의미합니다.

최 그 사진이 활동사진이 되면 그게 영화가 되는 거죠.

박 그렇습니다. 영화는 사진과 함께 1930년대에 가장 중요한 기술 복제였어요. 이제 영화 얘기를 해 볼까요? 영화는 수정 가능성이 특징입니다. 끊임없이 수정이 가능하다는 것 ─

최 편집 말씀입니까?

박 요즘 같으면 편집 가능성이라고 했겠네요. 벤야민은 수정 가능성이라고 했어요. 그 수정 가능성 때문에 영화에는 아우라가 없어요. 이미 고대 그리스인들은 "수정의 가능성이 가장 낮은 예술이 최고의 예술"이라고 했어요. 아우라라는 말만 안 썼지, 유일성

과 지속성이라는 점에서 벌써 아우라를 얘기한 거예요. 그런데 영화는 수정 가능성이 굉장히 큰 작품입니다. 몇 번 얘기했지만 아우라는 복제할 수 없어요. 연극과 영화를 비교해 보면, 연극에서는 무대 위에서 맥베스 역을 하는 배우가 '맥베스의 아우라'를 발산합니다. 그러나 영화에서는 그런 아우라가 없어요. 왜? 영화는 카메라 앞에서 연기를 하니까요. 영화배우는 관객 앞에서 맥베스를 연기한다기보다, 그냥 자기 자신을 연기하는 거예요. 예를 들어 맥베스의 아우라가 아니라 영화배우 자신의 아우라, 그 배우 각자의 성격이나 카리스마가 중요하지, 배역에서 아우라가 나오는 건 아니라는 얘깁니다.

최 　그러니까 캐릭터의 아우라, 이를테면 맥베스의 아우라가 아니라, 영화배우 자신이 가진 아우라를 발산한다는 차이가 있군요.

아우라와 진정성 상실의 시대

박 　이번 햄릿을 누가 하느냐, 누구의 햄릿이 가장 좋으냐, 이런 식으로 우리도 말하잖아요.

　이번에는 영화를 그림과 비교해 볼까요? 현대인들은 물론 회화보다 영화를 더 좋아합니다. 왜냐하면, 우리의 지각 방식이 달라졌기 때문이죠. 그림을 볼 때 우리는 정신을 집중해요. 벽에 걸린 그림을, 한참 동안 시선을 고정시켜 바라보죠. 관조(觀照)라고 하죠. 그런데 영화는 그렇게 지긋이 바라보는 게 원천적으로 불가능한 게, 시시각각 초 단위로 화면이 바뀌잖아요. 이건 정신 집중이 아니라 정신 분산, 다시 말하면 산만이죠. 대중의 지각 방식은 정신 집중에서 정신 분산으로 옮아갑니다. 이렇게 변화한 대중의 지각 방식에 가장 적합한 게 바로 영화입니다.

　보드리야르가 문화재 복원과 관련해서 '아우라의 상실'을 얘기한 적이 있어요. 벤야민은 기술 복제 시대에 잃어버린 것은 예술작품의 아우라와 '지금 여기'라는 독특한 성질이라고 했잖아요? 그런데 문화유산을 한번 볼까요. 옛날 중앙청을 김영삼 대통령 시절에 폭파해 버리고, 경복궁을 몇십 년 걸려 계속 복원하고 있지요. 2011년에 시작해서 2045년까지 정전, 편전, 침전 등 건물들을 새로 지어 1888년 완공 시점의 경복궁 모습으로 되돌린다는 겁니다. 하지만 중앙청을 헌 자리에 아무리 옛날 건물을 지어 넣는다 해도 조선시대가 다시 오는 건 아니에요. 일본의 식민지배가 지워지는 것도 아니고. 게다가 조선시대를 복원하는 게 무슨 가치가 있겠어요? 그러니까 이건 괜히 아까운 문화재 하나만 없앤 거예요. 중앙청 건물은 참 아름다웠어요. 네오바로크 양식인데, 독일인 건축가 게오르게 데 랄란데(George de Lalande)가 기초설계를 했고, 그가 사망하자 일본인 건축가 노무라 이치로(野村一郎), 구니에다 히로시(國枝博) 등이 설계를 완성했습니다. 1916년에 짓기 시작해 10년 만인 1926년에 완성됐어요. 조선에서 세 번째로 엘리베이터를 설치했고, 당시 첨단 소재였던 철근콘크리트를 사용했습니다. 외벽 표면을 덮은 화강암은 창신동 채석장에서 캔 것이고, 대리석은 황해도 금천, 평양, 원산 등에서 구했고, 모래와 자갈은 한강에서 채취한 것입니다. 장식 철물이나 가구, 공예품 등은 미국과 유럽에서 수입해 온 것이고요. 돔 지붕의 외장재도 수입 동판인데, 건설 직후에는 붉은 구릿빛이었다가 시간이 지나며 녹이 슬어 청동색 지붕이 됐습니다. 아름다울 뿐만 아니라 한국의 건축 자재, 한국인 노동자들의 노동이 들어간 건물에 시간과 역사까지 가미돼 그야말로 아우라를 풍기는 이 아까운 문화재를 헐어 버렸다는 건 당시 김영삼 대통령의 문화적 무지를 드러내는 것일 뿐입니다. 광화문도 박정희 대통령 때 한 번 중건되고 2010년에 다시 지금 모습으로 복원했는데, 아무리 똑같이 복원했다 해도 광화문이 처음에 만들어졌을 때 가졌던 '지금 여기'는 복제할 수 없잖아요. 아우라는 복제하지 못하고 그 겉껍데기 모습만 복제했어요. 그게 무슨 소용이 있습니까? 궁극적으로 테마파크의 키치(kitsch)적 성격과 다를 바 없죠.

최   비슷한 예로, 남대문이 불타서 소실되니까 그걸 다시 지었잖아요. 그런다고 해서 과거의 남대문이 될 수는 없다—

박   없는 거죠. 그럴 수 없는데도 그게 그것인 척하는 건 이중의 기만입니다. 우선 그걸 다시 만든다는 것부터가 기만이에요. 그게 마치 그것인 것처럼, 관광객이 오면 "이건 우리 옛날부터 있던 거야"라고 말하는 건 이중의 기만이죠.

최   보드리야르가 만약 중국 여행을 가 봤다면 모든 게 다 기만이라고 생각했겠네요. 제가 가서 봐도 멀리서 볼 땐 아주 그럴듯했던, 굉장히 높은 계단 같은 것들이 실제로 가까이 가서 보면 다 시멘트로 만들어 놓은 것이어서 많이 실망했어요. 나중에 가이드가, 중국은 내전을 많이 겪었고 또 문화혁명 때 다 부쉈기 때문에 이제 와서 시멘트로 급조하고 페인트칠한 거라고 설명해 주더군요.

박   바로 그런 거죠. 그런데 그건 시멘트가 눈에 보이니까 정직해서 그나마 낫죠. 만약 시멘트가 안 보이고 마치 옛날부터 있었던 것처럼 감쪽같이 복원해 놓았다면, 그게 바로 이중 기만이에요. 그래서 문화유산을 복원한다는 게 반드시 그렇게 좋은 일인가, 저는 회의적인 생각을 갖고 있습니다. 차라리 정직한 게 낫죠. 없어졌으면 없어진 대로, 또 일제가 총독부를 짓고 그 후 신생 한국이 그것을 중앙청으로 사용했으면 또 그대로 중앙청을 남겨 뒀어야죠. "총독부 전에 경복궁이 있었는데 일제가 없앴다" 이런 흔적만 남겨 두면 되는 것이지, 이걸 폭파하고 다시 그전으로 돌아간다는 것은, 돌아갈 수도 없는 일이고 이중의 기만일 뿐입니다. 지금 광화문 앞은 월대(月臺) 공사가 한창이에요. 월대란 궁궐이나 건물 앞에 쌓은 넓은 기단인데, 어떤 의식을 치르거나 임금이 행차할 때 드나드는 곳이에요. 그게 없어졌으면 그만이지, 월대까지 복원할 필요가 뭐가 있는지…. 복원할 월대는 길이가 50미터, 폭 30미터로 광화문 앞으로 툭 튀어나오게 돼요. 그러면 차도도 반달 형태로 휘어지면서 교통이 막히게 되는데, 저는 이 월대 복원도 반대입니다.

최 저도, 대한민국은 조선하고 완전히 다른 나라인데, 조선의 유적을 복원하는 일에 너무 치중하는 것 아닌가 하는 생각을 하던 참입니다만. 선생님 말씀도 교통까지 불편하게 만들면서 그렇게까지 할 필요는 없다, 그렇게 복원한다고 해서 과거의 어떤 원본성, 오리지낼리티, 다시 말해 아우라를 되살릴 수 있는 건 아니니까―

박 아우라는 복원할 수 없는 건데….

자, 사진과 영화에 이어서, 마지막으로 '정치인의 아우라' 얘기를 해 볼까 합니다. 정치인의 가치도 제의가치에서 전시가치로 옮아가는 시대 아닌가 하는 생각에서요.

민주주의 사회가 되면서 정치인들은 대중의 눈앞에 직접 '전시'되기 시작했다고 말할 수 있어요. TV와 스마트폰 등 촬영 기계의 혁신 덕분에 정치인의 국회 연설이나 거리 유세를 수많은 사람들이 눈으로 보고 귀로 들을 수 있게 됐어요. 다시 말하면 정치가들의 '대중 전시' 가능성이 고도로 높아진 것이죠. 1930년대에 영화의 대중화로 연기자의 기능이 바뀌었듯이, 녹음기와 카메라 앞에서 정치인들도 직접 '연출'해야 하는 기능을 갖게 됐다고 벤야민은 말했습니다. 그러나 이건 라디오와 영화가 새롭게 등장했던 1930년대 얘기고, 지금은 TV는 물론 유튜브와 스마트폰, SNS가 일상화된 시대잖아요. 이런 복제 기술이 없던 시대에는 정치인들에게서 굉장한 아우라가 풍겼겠죠. 더 옛날 왕조시대에는 왕이란 일반 백성들이 얼굴조차 볼 수 없는, 진짜 멀리 있는 사람이었죠. 범접할 수 없는 사람이니까 굉장한 아우라가 있었어요. 그런데 기술 복제가 시작된 이후라도 초창기에는 역시 정치인들은 그렇게 가까이 갈 수는 없는 사람들이었기 때문에 정치인은 아우라가 있었어요. 그러나 지금은 워낙 기술이 발달해서 누구나 휴대폰으로 사진을 찍고 유포할 수 있는 시대가 됐기 때문에, 정치인들은 대중에게 너무나 많이 노출됩니다. 그리고 이제 정치인들 자신이 이것을 이용해서 자기 이미지를 높이려고 온갖 수단을 다 쓰죠. 정치인들이 전부 연예인이 되었다고 해도 과언이 아닙니다. 어떻게 하면 내 이미지가 좋게 보일까, 어떤 말을 하면 신문에 잘 먹힐까 고심하게 되죠. 이게 다름 아닌 전시가치입니다.

거기엔 진정성이 없어요. 앞서 예술작품의 진품성을 말했는데,

영어로는 똑같이 authenticity입니다. 그런데 진정성이라고 하면 얼핏 진정(眞情)을 생각해서, 진정성을 진심과 혼동하기 일쑤입니다만, 그 진심 말고 '진짜'가 진정성이에요. 정치인들에게는 진정성도 더 이상 없어요. 진품이 아니에요. 얼마 전에 대선 후보 경선에서 윤석열 씨도 말했잖아요. "내가 이제는 배우의 역할만 하겠다." 물론 연출은 딴 사람이 하고 나는 배우 역할만 하겠다는 좋은 의도로 한 말이지만, 아우라의 상실과 딱 맞는 얘기 아닙니까? 이렇게 정치인들은 배우가 됐습니다.

최 문재인 대통령도 그런 것 같아요. 2017년 대선 때 선거운동 할 때 그때의 모습은 탁현민 같은 사람들에 의해서 철저하게 연출된 외관이었거든요. 이제 4년이라는 시간이 흐르고 나니까, 저 사람이 그때 우리에게 보여 줬던 그 이미지의 사람이 아니라는 걸 차츰 알게 되는 거죠. 그걸 어떻게든 만회해 보려고 탁현민이 끊임없이 청와대 내에서 쇼를, 그다음 쇼, 또 그다음 쇼를 계속해서 연출하고….

박 맞아요, 그냥 쇼의 연속이죠. 예술작품은 아니지만, 현대 정치인도 그렇게 예전의 제의가치를 버리고 전시가치로 넘어갔어요. 아우라, 한마디로 권위는 없어지고, 연예인 같은 전시가치만.

최 이거, 오늘 마지막에 던져 주시는 메시지가 범상치 않습니다. 우리가 그전까지 정치인에 대해서, 저 사람은 나를 이끌어 줄 지도자다, 우리 대한민국을 구해 낼 지도자다, 그런 생각을 가지고 있었는데, 고도의 기술 복제 이후 그런 진정성이나 순수함 같은 것이다 상실되는 시대가 왔군요. 지금은 오직 연출만 남아서, 연출자가 잘 연출하고 그 앞에서 연기를 잘하는 배우가 정치를 장악하는 시대가 됐습니다. 지금 댓글창에도 "연출 잘하는 사람이 장땡이다" 이런 말씀들이 올라오는데요, 바로 '이미지 메이킹'이라는 거죠. 정치는 이미지 메이킹이다 — 좀 비극이네요, 국민한테는.

박 그래서 정치인을 더 이상 존경하지 않는 겁니다. 예전에 아우라가 있던 시절에는 존경하는 정치인이 있곤 했는데.

최 아우라 상실의 시대, 정치인에게서 사라진 아우라만큼 우리가 기대하던 '이상적인 정치'도 사라지고 있는 느낌입니다. 사진이나 영화의 발명으로 예술에서 진품성이 사라지고 대중화되는 것까진 그렇다 쳐도, 정치에서조차 진정성이 사라진다는 것 — 오늘 마지막으로 던져 주시는 메시지가 아주 강력했습니다.

시청자 의견 마구 올라옵니다. "아, 예, 박정자 교수님 좋아요"—나석규 의원님 감사드립니다. "토인비의 예측이 일치하는 거다."—'사피오드' 님 댓글인데, 토인비 얘기는 제가 좀 찾아보겠고요. "정치인은 관종이다"—이야, 날카로운 말씀입니다.

오늘은 이렇게 아우라라는 말, 우리가 늘상 쓰는 이 말을 1935년에 발터 벤야민이라는 학자가 미학 용어로 처음 도입했다는 것에서 출발해, 기술 복제 시대로 들어서며 예술작품에서 아우라가 사라진다는 것, 그리고 마지막으로 정치와 정치인에게도 아우라의 상실이 일어나고 있다는 말씀, 박정자 교수님께서 달달한 당의정으로 잘 버무려 주셔서 아주 재미있게 들어 보았습니다.

박정자 교수님, 오늘 말씀 감사했고요, 다음 시간도 좋은 말씀 기대하겠습니다.

박   감사합니다.

7

레이몽 아롱이 한국 좌파에 보내는 경고

최대현　여러분, 일주일 동안 안녕하셨습니까. 시작하기 전부터 아쉬운 말씀을 드리게 돼서 송구스럽습니다만, 박정자 교수님과 함께하는 '인문학으로 세상 읽기'가 오늘 일곱 번째로 마지막 시간을 맞게 됐습니다. 그동안 저희가 박정자 교수님을 모시고 인문학을 통해 이 대한민국을, 세상에서 일어나는 일들을 어떻게 바라보고 분석할 것인가 함께 말씀 나눠 봤는데요, 오늘로써 일곱 번째가 됩니다. 화면에 보시듯이 맨 첫 번째로 박 교수님이 쓰신『시뮬라크르의 시대』,『우리가 빵을 먹을 수 있는 건 빵집 주인의 이기심 덕분이다』,『로빈슨 크루소의 사치 다시 읽기』이 세 권의 책을 놓고 소비문화를 다시 짚어 보는 시간을 가졌습니다. 악마는 담론을 장악한다, 좌파는 담론을 장악하는 데 선수다, 우파도 담론을 장악하는 스킬을 익혀야 된다는 말씀 해 주셨습니다.

두 번째, '권력의 시선, 당신의 수술실을 엿본다'에서는 미셸 푸코의 판옵티콘, 그러니까 '엿보기의 권력'을 살펴보면서, 특히 수술실 CCTV 설치 논란과 관련해서 감시는 범죄 등을 막기 위해 분명 필요하지만 최소화돼야 한다, 권력이 나의 모든 일거수일투족을 다 감시하는 걸 용납해선 안 된다는 말씀 나눴습니다. 아이고, '리버티' 님이 "막방 안 돼요!" 하고 댓글 올리셨는데, 교수님께서 체력 좀 충전하시고 나면 반드시 다시 모실 수 있도록 책임지고 노력하겠습니다.

　'노동이 된 여가, 특권이 된 일' 시간에는 소스타인 베블런의 『유한계급론』와 보드리야르의 '과소소비' 이론을 대비해 보면서, 예전의 이른바 귀족층, 상류층은 돈과 시간을 낭비하는 걸 특권이라고 생각했는데 요즘은 바뀌어서 보통 사람들이 여가와 사치를 추구하고 상류층은 오히려 소탈한 겉모습을 연출하고 분초를 쪼개 열심히 일하는 역전된 현상들을 분석해 봤지요.

　네 번째 시간엔 박영수 전 특검이 부인에게 한번 태워 주고 싶었다며 외제 포르쉐 승용차를 선물인지 대여인지 받은 사건과 관련해서, 마르셀 모스의 『증여론』을 통해 선물과 뇌물은 차이가 없다고 날카롭게 분석해 주셨습니다.

　'당신의 생각을 지배하는 아비투스', 저는 속살을 들킨 것 같은 시간이었는데, 피에르 부르디외의 '아비투스'라는, 우리의 생각을 지배하는 그 두뇌 속의 프로그램을 당의정처럼 쏙쏙 삼킬 수 있게 설명해 주셨습니다. 자본을 마르크스는 돈, 경제자본으로만 이

해했지만 사실 자본에는 경제자본뿐 아니라 사회자본, 문화자본
도 있다는 말씀, 그러면서 문화자본의 빈부격차가 해소되는 평등
사회를 이루기 위해서는 오히려 불평등 교육이 필요하다는, 시의
에 딱 맞는 따끔한 지적 있었습니다.

그리고 바로 지난 시간, 발터 벤야민의 예술작품의 아우라에서
시작해서 '아우라가 사라진 정치' 이야기까지―귀한 시간 축내지
않기 위해 대충만 정리해 드렸습니다만, 오늘도 명쾌하고 시원한
말씀 기대합니다.

전전번 아비투스 때 잠깐 소개하고 지나쳤습니다만, 오늘은 박
정자 교수님께서 최근에 재번역하신『자유주의자 레이몽 아롱』을
좀 더 찬찬히 들여다보는 시간으로 준비했습니다. 프랑스를 대표
하는 우파 철학자와 젊은 68 세대 학자들과의 대담집이 오늘, 우
리를 위해 시사하는 바는 무엇일지, 박정자 교수님 모시겠습니다.

그나저나 아쉬워하는 분들이 많아서….

박정자 죄송합니다. 저야말로 아쉽습니다. 귀한 기회 주셔서 그동안 아주 재미있게 했는데요, 언제고 이렇게 다시 만나뵐 수 있기를 저도 고대하겠습니다.

레이몽 아롱을 다시 찬찬히 소개해 드려야겠네요. 레이몽 아롱은 자유주의 철학자, 사상가입니다. 사회학자이기도 하고 역사학자이기도 하고 철학자이기도 한데, 경제학도 깊이 공부해서 경제학 책도 썼고, 〈피가로〉지 논설위원을 오래 하면서 대학 교수도—

최 고등학교 교사도 했던데요?

박 아, 그것까지 건드리자면 말씀이 길어지는데…. 사르트르, 메를로퐁티, 시몬 드 보부아르 등 우리가 아는 프랑스의 유명한 지식인들 상당수는 고등사범(Ecole Normale Supérieure)이라는 학교를 나왔어요. 레이몽 아롱은 사르트르와 그 학교 동기동창입니다. 고등사범은 우리나라의 사범대학 비슷한데, 이 학교를 졸업하면 모두 교수자격시험을 봐요. 그런데 프랑스에서는 고등학교 교사나 대학 교수나 똑같이 프로페서(professeur)입니다. 이 자격시험이 굉장히 어려워서, 여기 합격한 사람은 아그레제(agrégé)라고 해서 높은 대우를 받았습니다. 요즘은 그 정도는 아닌 것 같습니다. 여하튼 그래서 사르트르도 레이몽 아롱도 고등사범을 졸업하고 지방 고등학교에서 교편을 잡은 경력이 있는 겁니다. 우리나라에서 사범대학 졸업해 고등학교 교사가 되는 것하곤 다른 거예요.

레이몽 아롱은 그래서 고등학교 교사를 했고, 2차대전 후에는

〈피가로〉지 논설위원을 몇십 년간 했어요. 그의 시대는 1차대전, 2차대전, 알제리 전쟁, 드골의 재집권 등 굵직굵직한 역사적 사건들이 끊임없이 일어났던 시대입니다. 그때마다 그는 자신의 우파적인 생각을 거침없이 피력했어요. 지난번에 처음 소개할 때 말씀했지만, 좌파 헤게모니가 이만저만이 아닌 프랑스에서, 특히나 지식인 사회에서 이건 쉬운 일이 아닙니다.

최 사르트르도 그렇고 이 시간에 다뤘던 푸코도 다 좌파지요.

박 전부 다요. 프랑스에서 철학자 하면 근본적으로 다 좌파라고 해도 과언이 아닙니다. 그런 사회에서 거의 유일하게, 전무후무하게 레이몽 아롱은 우파였습니다. 자유주의 사상을 책으로 쓰고, 신문 사설로 쓰고, 대학에서 학생들과 토론하고… 그러니까 얼마나 그야말로 왕따를 당했겠어요? 지식인 사회에서 완전히 따돌림 당했죠. 고등사범 동기동창이고 가장 친했던 사르트르하고도 1947년경부터는 완전히 결별했어요, 아니, 결별당했죠. 40년 넘게 만나지도 않고, 말도 안 섞고, 이따금 글로만 서로 비판하고 공격했지요. 그러다 베트남 전쟁이 끝나고 많은 베트남 난민들이 '보트 피플'이 돼서 망망대해를 건너 미국을 향하던 그 위험한 상황에서, 인도적으로 그들을 구출해야 된다는 공감대가 지식인들 사이에 형성돼서, 대대적으로 캠페인에 나서는 사건이 일어났어요. 1979년에 사르트르와 레이몽 아롱, 그리고 젊은 앙드레 글뤽스만, 셋이서 엘리제 궁을 찾아 지스카르 데스탱 대통령을 만나고 기자회견도 하면서 두 사람이 40여 년 만에 다시 만나고 악수

하고 그랬지요. 절친 동기동창한테 40년 넘게 의절당할 정도로, 레이몽 아롱에겐 보수 반동이라는 딱지가 붙어 있었어요.

최　보수 반동이라….

박　프랑스에서 우익은 욕이에요. 우익은 당연히 보수 반동이라는 딱지가 따라다녀요. 지난번에 『지식인의 아편』 언급하셨지만, 레이몽 아롱은 마르크시즘을 반대하고 비판했거든요. 당시 소련의 소비에트 체제를 비판하고, 미국은 좋게 생각했어요. 그것만으로도 그 시대 프랑스 지식인 사회에서는 파문당하기에 충분합니다. 그가 논설위원으로 오래 일한 〈피가로〉지가 또 우파 언론이에요.

최　그러니까 프랑스의 조선일보…?

박　그런 셈이네요. 그 〈피가로〉지 논설위원이 됐다는 것 가지고도 사르트르는 아롱을 격렬하게 비난했어요. 아롱은 그 〈피가로〉 사설에서 유럽과 미국의 군사동맹인 나토를 지지했고요. 그 시절 프랑스 지식인 사회 분위기가 딱 지금 우리나라랑 비슷해요. 우리도 북한 비판하고 한미동맹 지지한다, 친미다 하면 주류 지식인 사회에서 왕따 당하잖아요.

드골에 대한 평가도 좌우가 나뉘었습니다. 드골은 2차대전 때 런던에 망명해 '자유 프랑스'라는 망명정부를 세웠고, 종전 1년 전에 프랑스로 돌아와 임시정부 수반을 지낸 유명한 장군인데, 해방 후 총리까지 한 뒤 정계에서 은퇴했다가 나중에 알제리 전쟁이 한창이던 1958년에 복귀해 대통령이 됐어요. 그때 좌파는 드골의 재집권에 반대했는데, 레이몽 아롱은 이를 지지했습니다. 이런 것들이 다 레이몽 아롱을 우파로 낙인찍게 한 사건들이에요.

당시 좌파를 대표하는 지식인은 아시다시피 사르트르였어요. 우리나라만이 아니라 거의 전 세계에서 사르트르는 알아도 레이몽 아롱은 모른다는 사람들이 많아요. 이게 두 사람이 1924년에 고등사범 졸업하면서 찍은 단체사진인데요. 맨 앞줄 오른쪽, 동그라미 친 게 레이몽 아롱이고, 그 옆 안경 쓴 사람이 사르트르인데 키가 작고 못생겼다고 알려졌죠.

이 두 사람이 나이 마흔 지나 1947년부터 사이가 틀어져서 40년 넘게 말도 안 하고 지낸 거예요, 1979년에 다시 만날 때까지. 이듬해 1980년에 사르트르가 죽었고 아롱도 1983년에 죽었으니까, 그야말로 죽기 직전까지 반평생을 반목한 거죠. 그사이 사르트르만 레이몽 아롱을 비난한 게 아니라, 아롱도 바로 그『지식인의 아편』에서 좌파 지식인들의 허위의식을 통렬하게 비판하면서, 집중적으로 사르트르를 겨냥합니다.

그런데 오늘 소개하는『자유주의자 레이몽 아롱』에 보면—이 대담은 사르트르 사후에 이뤄졌어요—프랑스가 그토록 심하게 좌경화된 것은 "장폴 사르트르라는 경이로운 인물"이 있었기 때문이라는 걸 인정해야 된다고 말했더군요. 라이벌 관계지만 능력은 긍정적으로 평가한 거죠. 굉장히 고답적인 철학자이지만 희곡도 쓰고 소설도 쓰는 작가였다, 그런가 하면 시사적인 이슈가 있을 때마다 신문에 기고하고, 또 정치 문제에도 일일이 참여를 했다, 사실상 사상 표현의 모든 영역을 독점했다, 다양하고 풍부한 재능으로 인해 영향력이 막강했고, 특히 당시 지식인 사회의 주요 구성원이었던 철학 교수들에게 절대적인 영향력을 행사했다, 이런 식으로 사르트르의 일생을 담담하게 평가했어요.

최 그런 사르트르가 매일같이 마르크시즘 사상을 이야기로 쏟아내면 프랑스 지식사회가 좌경화되지 않을 도리가 없었겠군요. 자, 배경 설명은 그렇고, 본격적으로 레이몽 아롱의 사상을 소개해 주실까요? 책 제목을 '자유주의자' 레이몽 아롱이라고 하셨는데요.

박 네. 그렇다면 자유주의란 무엇인가? 물론 마르크시즘의 반대일 텐데.

사르트르가 프랑스 지식인 사회를 지배하던 시대는 1940년부터 '60년대까지입니다. 당시 마르크시즘은 절대적인 이데올로기였어요. "마르크시즘은 우리 시대의 넘어설 수 없는 지평이다"라는 사르트르의 유명한 말이 있어요. 그만큼 당시 프랑스의 지식인들은 모두 마르크시즘을 절대시했고 일체의 우파 이론은 경멸했어요. 그게 60년 전 프랑스인데, 우리 사회의 좌파는 21세기로 넘어온 지금까지도 그런 경향을 보이고 있습니다.

최　독일이 통일되고 소련과 동구권이 몰락하고 냉전도 종식돼서, 저쪽의 마르크시즘 신봉자들은 오히려 마르크시즘을 버렸는데 말이죠.

마르크시즘에 경도된 지식인 사회 맹공

박　중요한 지적입니다. 사르트르와 레이몽 아롱은 독일 통일과 동구권의 몰락을 못 보고 죽었어요. 그런 시절에도 레이몽 아롱은 마르크시즘의 허위의식을 알아보는 혜안과 그걸 비판하는 강단을 보여 줬는데, 한국의 좌파는 동구권이 몰락한 지 30년이 넘은 지금도, 마르크시즘이라고 내놓고 말을 안 한다뿐이지 여전히 마르크시즘의 노예가 돼 있잖아요.

그렇다면 레이몽 아롱이 옹호한 자유주의는 어떤 사상인가—자유주의 사상가들은 우선 마르크시즘이 절대적인 인식 도구라는 걸 부정합니다. 유럽에서 마르크시즘이 본격적으로 떠오른 건 20세기 초부텁니다. 우선 1917~18년에 러시아에 세계 최초로 소비에트 정권이 들어섰고, 두 차례 세계대전을 통해 미국이 강대국으로 떠오르면서 마르크시즘과 자유주의, 두 개의 체제가 서로 경쟁하기 시작합니다. 그러니까 마르크시즘은 대표적인 두 사상 중의 하나일 뿐, 세계를 해석하는 절대유일의 인식 도구가 벌써 아니잖아요. 그런데 유독 좌파들은 마르크시즘만 절대시합니다.

그럼 자유주의 철학은 뭐냐, 사상의 다원성을 존중합니다. 마르크시즘도 수많은 사상 중의 하나죠? 그러니까 마르크시즘에서도 우리가 택할 건 택하고 아닌 건 아니다, 그리고 마르크시즘 말고 이런 사상 저런 사상도 있다, 이런 식으로 사상의 다원성을 인정하고 존중하는 게 자유주의 사상입니다.

그리고 자유주의는 현실을 분석하거나 행동에 나설 때 실증주의를 굉장히 중시합니다. 이게 실증적이냐, 현실에서 합당한 것이냐, 구름 잡는 얘기는 안 된다, 이런 태도죠.

그다음으로 중요한 자유주의의 특징, 바로 전체주의를 반대하는 것입니다. 전체주의란 바로 마르크시즘입니다. 그런데 20세기 초 서유럽의 마르크시스트들은 마르크시즘이 전체주의라는 걸 생각하지 못했어요.

최　전쟁에서 파시즘하고 싸우는 모습을 보고 좀 헷갈렸던 걸까요? 파시즘, 파쇼가 전체주의의 대명사니까요.

박　파시즘이 전체주의인 것도 사실이지만, 그러나 마르크시즘이야말로 가장 전형적인 전체주의입니다. 레이몽 아롱은 현대사회에서 우리가 가장 두려워해야 할 것은 '유일당' 체제, 당이 하나밖에 없는 체제라고 했어요. 소련과 북한이 바로 유일당 아닙니까? 유일당 체제는 곧 전체주의 체제이고, 그것이 우리 사회의 근본적인 위협이다— 1980년에 한 대담인데, 지금도 유효한 얘기 아닙니까? 특히 지금 우리 한국에서 전체주의가 무섭다는 게 실감 나잖아요.

최 180석 만들어 주니까 자기들 마음대로 하고 있는 게 딱 전체주의죠.

박 전체주의죠. 공산주의처럼 반드시 생산 수단을 국유화한다, 모든 기업을 국유화한다고 전체주의가 아니라, 하나의 이데올로기만이 지배하는, 그 사회에 단 하나의 이데올로기만 허용되는 게 전체주의 아니고 뭡니까? 그 하나의 이데올로기란 마르크스·레닌주의이고, 이렇게 단 하나의 이념, 단 하나의 정당에 모든 권력이 집중되는 현상은 위험하기 짝이 없습니다.

최 지금 우리 문재인 정권이 그렇잖습니까. 자기들만 절대선이고, 다른 의견에는 귀를 꽉 막고.

박 딱 전체주의고, 굉장히 위험한 겁니다. 모든 권력이 집중되는 현상. 레이몽 아롱이 자유주의를 설파하며 평생 싸운 적이 바로 그겁니다. 정치적인 영역에서건 지성적인 영역에서건 자유주의를 되살려야 한다는 게 그가 평생 추구한 목표였습니다. 신문 논설도, 책도, 언제나 자유주의적 다원성에 입각해서 글을 썼어요.

공산주의 말씀을 좀 더 하자면, 공산주의, 다시 말해 마르크시즘은 노동계급을 신성시합니다. 노동계급을 한갓 근로자 계층의 집합으로 생각하는 게 아니라, 노동계급에 막대한 역사적 소명을 부여합니다. 마치 기독교의 메시아 사상처럼, 노동계급이야말로 미래에 유토피아적 세상을 오게 할 계급으로 생각해요. 지배계급을 완전히 몰아내고 계급투쟁이 존재하지 않는 유토피아를 만들 계급이라는 거예요. 그리고 사르트르 같은 좌파 지식인들이 거기 동조합니다. 그들은 계급사회는 본질적으로 나쁜 사회라고 생각했어요. 당시 현재의 자본주의는 악이고 철저하게 비판할 대상이고, 지배계급인 부르주아 계급은 혐오스럽고 경멸스러운 것이어서 도저히 그들과 함께 살 수 없고 그들을 타도해야 된다고 했어요. 그러나 실제 노동자들의 관심은 그게 아니잖아요. 어떻게 하면 임금을 더 많이 받고, 어떻게 하면 좀 더 잘살 수 있을까, 이게 노동계급의 주요한 관심사인데, 사상가들은 그들을 '이념의 구현자'로 간주하는 거예요. 그들의 현실과 관심사와 전혀 동떨어진 신화를 만들어 낸 겁니다.

이때부터 지식인과 노동계급은 유리됩니다. 지식인들은 외골수로 마르크스주의 혁명이 언제나 좋은 방향으로 나간다는 확신을 갖고 있었어요. 그 마르크스주의 혁명이 실현된 체제가 있었으니, 바로 소련입니다. 소련 체제는 강제수용소를 만들어 낸, 바로 그런 전체주의 체제입니다. 소련에는 1950~60년대 내내 강제수용소가 있었고, 사르트르를 비롯한 서구 지식인들도 그것을 모르지 않았어요.

최 솔제니친이 다 폭로했잖아요.

박 솔제니친의 책이 번역된 건 1974년이지만, 그 전부터 이미 지식인들은 소련의 상황을 다 알고 있었지요. 소련에 다녀오기도 했고요. 소비에트 체제의 잔혹성을 모르지 않았지만, 유토피아로 가기 위해서는 어쩔 수 없이 치러야 할 대가라고 생각한 게 당시 좌파 지식인들입니다.

최 저 같으면 "그 어쩔 수 없는 희생자가 당신이라도 감당하겠어?" 하고 반문하고 싶은데요.

박 바로 북한을 찬양하는 우리 사회 좌파에게 제가 묻고 싶은 게 그겁니다.

이 책은 그 레이몽 아롱이 68 세대 학자 두 사람과 나눈 대담집입니다. 여러분 1968년 5월 혁명이라는 얘기 많이 들어보셨을 텐데요, '68년 5월에 프랑스 대학생들이 대대적으로 시위에 나섰죠. 사실 1960년대는 프랑스뿐만 아니라 전 세계에서 학생 데모가 많이 일어난 시대입니다. 미국에 그랬고, 한국도 대표적으로 4·19가 있었고. 그런데 '68년 5월에 프랑스에서 일어난 학생 시위가 특이했던 건, 노조의 총파업이 뒤따랐다는 거죠. 그러다 보니까 국가 전체가 완전히 혼란에 빠졌어요. 그래도 정권이 넘어가지는 않았어요. 드골이 물러나서 다시 선거를 했지만 다시 우파 정권이 들어섰습니다. 그래서 정치적인 변혁이라기보다 문화적인 변혁을 더 많이 이룬 혁명이라고 해서 68을 문화혁명이라고도 하는데요, 1968년에 대학생이거나 고등학생으로서 거리로 뛰쳐나와 바리케이드를 치고 경찰차에 불을 지른 세대가 바로 68 세대입니다. 20년가량 시차가 있습니다만 우리의 386 세대랑도 상통하는 면이 있지요? 1968년에 '정치적으로 새로 태어난' 68 세대가 받은 교육

A.GLUCKSMANN   R. ARON

이 주로 마르크시즘이었습니다. 마르크시즘이 당대 최고의 이데 올로기였으니까요. 게다가 베트남전이 진행되고 있던 시대였으니 68세대는 당연히 반미죠.

이 68세대가 1975년쯤에 갑자기 마르크시즘의 한계와 소련의 죄악을 직시하게 됩니다. 아까 말씀하신 솔제니친, 그 솔제니친의 『수용소 군도』가 번역돼 소개된 게 계기였습니다. 이때부터 68세 대는 자신들이 소련 인권에 너무 무관심했다는 것을 반성하게 됐 고, 그러다 보니까 자연스럽게 레이몽 아롱을 새롭게 발견하게 되 는 겁니다. 과거에는 보수 꼴통이라고 조롱하던 그 레이몽 아롱을 요. 그렇게 1970년대 중반에 '신철학파'라는 우파 사조가 조금 형 성되고, 이 세대가 레이몽 아롱이야말로 자유주의 사상의 석학이라는 것을 재발견했고, 그가 쓴 책들에 관심을 갖게 됩니다. 『산업 사회에 관한 18개의 강의』, 『국가 간의 평화와 전쟁』, 『지식인의 아편』, 『역사철학 입문』 등등…. 사실 68 세대는 레이몽 아롱의 책을 설령 읽었다 해도 이데올로기적인 색안경을 끼고만 봤거든요.

최 뭐 비판할 거리 없나… 우파 꼴통은 이렇게 생각하는구나… 이런 거 확인하려고.

68 세대, 레이몽 아롱을 재발견하다

박 『지식인의 아편』만 해도, 사르트르를 뭐라고 비판했나, 어떻게 공격했나 알아보려고 봤는데, 그의 책들을 보니까 이미 20년 전 1950년대부터 소련의 죄상이 다 드러났는데, 사르트르는 그것을 알면서도 소련을 옹호하고 지지했다는 것을 이 사람들이 알게 된 거예요. 그러니까 처음부터 스탈린 체제를 비판했던 레이몽 아롱의 견해가 결국 옳았다는 걸 깨달은 거죠. 그런 단계를 거쳐 마지막으로 『역사철학 입문』을 보고 68 세대는 비판적이면서도 실증적인 레이몽 아롱의 사상에 완전히 매료됩니다.

자, 아까 베트남 보트 피플 관련해서….

최 사르트르하고 만나는 그 역사적 장면이요.

박 네. 1979년입니다. 두 사람 다 1905년생이니까 당시 이미 일흔이 넘었어요. 왼쪽에 사르트르, 오른쪽에 아롱, 가운데가 두 사람의 만남을 주선한 앙드레 글뤽스만입니다. 글뤽스만이 1977년에 쓴 『사상의 거장들』도 제가 번역해서 책으로 나와 있는데요, 글뤽스만도 68 세대 우파인데 2015년에 별세했습니다. 이런 과정들을 거치면서 68 세대가 레이몽 아롱에 대해 새로운 존경심을 갖게 됐어요. 그래서 68 세대 소장 학자 두 사람, 장루이 미시카와 도미니크 볼통이 1981년에 레이몽 아롱과 3인 대담을 하고 나서 엮은 책이 『자유주의자 레이몽 아롱』입니다.

두 사람이 서문에서 "레이몽 아롱과 우리 세대 사이에는 굉장한 차이가 있다. 레이몽 아롱은 역사의 소용돌이에 휘말렸던 세대다. 그런데 1968년에 고등학생이나 대학생이던 우리 세대는 역사의 한옆에 서 있기만 한 세대다"라고 썼어요. 정말 그랬어요.

최　아까 말씀하셨죠. 1차대전, 2차대전, 알제리 전쟁, 드골 시대 등등, 역사의 굉장한 격동기를 그만큼 겪은 세대도 흔치 않을 것 같네요.

박　레이몽 아롱은 그런 세대인데, 우리 젊은 68 세대는 역사에 대해 아무것도 모르면서 그저 한옆에서 편안하게 자라다가 비판만 하기 바쁘다──이거, 68만 빼면 딱 우리 우리 386 세대 얘기 아닌가요?

최　식민지, 해방 후 좌우 격돌, 6·25, 4·19, 5·16 다 겪고, 허리띠 졸라매고 산업화에 매진하던 우리나라 발전의 역사에 동참하지는 않고 그 열매는 다 누리면서, 옛날 옛적 민주화만 지금도 최고인 줄 알고….

레이몽 아롱 외, 박정자 옮김,
『20세기의 증언』(1982)

박   바로 그겁니다. 여러 종류의 사회가 붕괴하는 것을 직접 체험
한 레이몽 아롱은 사회라는 게 본질적으로 매우 취약하다는 것을
몸으로 느낀 세대입니다. 그러니까, 사회가 견고해 보여도 사실은
어느 한 구석 삐끗하면 한순간에 무너진다는 것을 몸으로 느낀 세
대이기 때문에, 사회가 그렇게 분열돼선 안 된다는 생각을 갖고 있
는 것입니다. '역사'다운 사건조차 없는 안정된 사회에서 태어나
성장한 세대는 그런 걸 몰라요. 지금 우리 대학생들은 물론이고,
386 세대도 격동의 시대 끝물에 태어나서 어린 시절을 보냈으니
까요. 사회의 취약성이나 붕괴 위기 같은 건 한 번도 경험하지 못
했어요. 폭력 시위 마음대로 해도 이 사회는 언제나 굳건하고, 경
제는 계속 발전하고 잘살게 되나 보다, 그렇게 착각할 만도 하죠.

최 이거, 딱 저희 또래 말씀이시군요. 4년을 데모질 해도 취업은 다 한 게 저희 세대거든요. 대학 4년 내내 온갖 자격증 다 따고 해외 연수 가고 토익이다 토플이다 점수 높게 받아도 취업이 안 된다는 지금하곤 달랐죠.

박 그렇게 구구절절이, 어쩌면 딱 우리나라 얘기지, 하다가도 하나 애석한 건, 이건 40년 전 프랑스 얘긴데 우리 사회가 그렇게나 정체, 아니 퇴행했구나….

최 이 책입니다, 『자유주의자 레이몽 아롱』. 제가 벼락치기로 예습을 해 왔는데요, 3인 대담은 1980년 12월에 했고 이듬해 1981년에 책으로 나왔는데 그사이 대통령 선거가 있어서 미테랑 정권이 들어섰고요. 사실은 책이 나오자마자, 1982년에 박정자 교수님께서 이 책을 번역해서 이미 소개하셨더군요.

박 40년 가까이 흘러서, 레이몽 아롱과 사르트르를 비롯해 책에 언급되는 인물들의 생몰년부터 다시 정리해야 했고요…. 자, 미테랑 정권은 사회당 정권입니다. 정치적으로는 사회당 좌파로 정권이 넘어갔지만, 이념적으로는 아까 말씀드렸듯 1970년대 중반부터 젊은이들이 우파 쪽으로 기울기 시작했어요. 당연히 레이몽 아롱은 또 미테랑 정권을 비판해야 되겠죠, 방금 출범한 정부지만. 그래서 책 말미에, 레이몽 아롱이 저 두 젊은 학자들과의 '가상의 문답'을 첨부합니다. 거기서 미테랑 정권을 비판하는 말이 또 어쩌면 우리나라 지금 정권에 하는 말 같은지….

최 지금 2030 등이 들고 일어나 문재인 저격하고 문재인 경제 정책을 비판하는 것과 판박이군요. 40년의 시차를 두고.

박 레이몽 아롱은 미테랑 정권이 마치 1936년의 '인민전선' 정부와 비슷하다고 했습니다. 인민전선은 레옹 블룸이라는 사회주의자가 총리가 돼서, 앞서 1871년 프랑스 제3공화국 수립 이래 65년 만에 처음으로 들어선 사회주의, 좌파 정권입니다. 먼 나라 옛날얘기 같지만, 이렇게 생각하시면 얼른 들어올 겁니다. 왜 프랑스 하면 여름에 한 달 내내 유급으로 바캉스 간다는 거 다들 부러워하잖아요?

최 뭐, 나라가 잘산다면야 가능한 얘기지만… 그럼 소는 누가 키우나, 솔직히 저는 오랫동안 그게 궁금하던데요?

박 당연히 나라 경제는 어려워지죠. 그걸 가능케 한 30일 유급 휴가제를 도입한 게 바로 인민전선 정부였어요. 주 40시간 노동도 다 그때 나온 얘기고요.

최 아, 제가 말하려고 했는데…. 마지막 시간이라 제가 열공을 좀 했습니다. 지금 이재명 후보가 얘기하는 주 4일제, 40시간제 이런 거 옛날 고리짝에 프랑스 인민전선이 다 한 얘기더라고요.

박 그걸 1981년의 미테랑 정권이 다시 계승하려 한 거죠. 그래서 레이몽 아롱은 미테랑 정부가 레옹 블룸 정부와 비슷하다, 가까이는 1970년대 칠레의 아옌데 정책을 모방하는 것 같다, 그렇게 비판합니다.

최 아옌데라면 칠레를 완전히 나락으로 몰고간….

프랑스보다 40년 뒤처진 한국

박 네, 그 아옌데입니다. 미테랑이 레옹 블룸과 아옌데 정권의 경제 정책을 모방하려고 하는데, 그러다간 아마도 두 정권과 같은 운명이 될 수 있다고 경고했습니다.

　　제가 40년 전에 이 책을 처음 번역할 때만 해도, 여기 나오는 프랑스 얘기는 우리나라하고는 완전히 딴 세상 얘기였어요. 그런데 세월이 흘러 다시 다듬으면서 보니까 어쩌면 딱 지금 우리나라 얘기인지 깜짝깜짝 놀라는데, 심지어 공무원 정원 얘기에선 소름이 다 돋더라고요.

최 설마, 공무원 정원 늘리는 얘기 말씀인가요?

박 왜 아니겠어요? 미테랑 정권은 공무원 정원도 늘린다고 공약했거든요. 딱 우리나라 문재인 정권 같은—

최 문재인 정권이 81만 명 증원 얘기했는데, 단순한 취로사업이나 그런 거 빼고 벌써 10만 명 늘어났는데….

박 당시 미테랑은 20만 명을 늘리겠다고 했어요. 레이몽 아롱은 이 공무원 증원 계획이 민중 선동(démagogie)이라고 직격탄을 날립니다.

최 40년 전에 말이죠. 듣는 제가 소름이 다 돋네요. 아, 교수님, 오늘이 마지막이라니 진짜 안 되는데….

박 예상하시겠지만, 공무원을 늘리면 경제에 약간 활력을 주고 실업 증가를 다소 지연시키긴 하겠지만, 결국은 고통스러운 대가를 지불하게 된다는 것입니다. 20만 명의 공무원은 지금 당장도 만만찮은 급여가 예산으로 나가지만 그건 새 발의 피고, 해마다 그만큼씩 더 주고 퇴직하면 연금까지 줘야 하니까 국고 부담이 걷잡을 수 없게 무거워진다는 거예요. 그 연금은 누구 돈으로 줍니까? 지금 젊은이들, 미래 세대가 감당하는 것 아녜요? 당장 1년에서 1년 반 뒤부터 인플레이션이 일어나서 정부 지출의 결손 폭을 더욱 크게 할 것이다, 공무원은 일의 필요에 따라서 수를 늘려야지, 실업 퇴치를 위해 정원을 늘려서는 안 된다——구구절절이 우리 문재인 정권에 하는 얘기 아닙니까?

최 일의 필요성이라고 하셨지만, 파킨슨의 법칙이라고 있잖습니까. 공무원들은 스스로 일거리를 만든다는.

박 일은 더 적게 하면서 돈은 똑같거나 더 많이 준다는 건 있을 수가 없어요. 그런 식의 경기 부양책, 지금 우리로 말하면 소득주도성장의 허구성을 레이몽 아롱은 단번에 간파한 겁니다.

최 40년 뒤 대한민국 문재인 정부의 실정(失政)까지 다 내다봤군요. 저는 이 공무원 증원을 보면서, 마치 뗏목을 타고 표류하면서 당장 목마르다고 바닷물을 마시는 격이라고 생각했습니다. 그랬다간 정말 죽도록 견딜 수 없는 갈증만 오거든요.

박 적절한 비유입니다. 공무원 증원은 그렇고 또 하나, 생활 수준 얘기도 있는데요, 이것도 우리의 386 세대들이 대학생일 때 데모하면 어른들이 으레 하던 얘기를 떠올리게 합니다. 오늘날——그러니까 1980년대 초——프랑스 국민의 3분의 2는 적당한 생활수

준을 유지하고 있다, 상호 대화가 불가능할 정도의 격차나 불평
등이 있는 것은 아니라고요.

최 족집게군요. 딱 우리나라 얘기예요.

박 레이몽 아롱의 다른 책에서, 인도를 여행한 경험을 소개합니
다. 함께 여행한 지식인과 여행객들이 인도 사람들과 아예 대화
가 불가능한 걸 보고 크게 놀랐다는 겁니다. 인도의 가난이란 말
못 할 정도잖아요. 어린아이들이 길거리에서 구걸해서 돈 벌고 이
런 나라인데, 여행객들이 그들과 무슨 대화를 할 수 있겠어요? 지
금에 비기면 딱 베네수엘라예요. 베네수엘라의 극빈층은 지금 쓰
레기통까지 뒤지고 있잖아요. 그런 극빈층이 있는데 우리가 거기
에 관광을 간들 그 사람들과 대화가 통하겠어요? 무슨 공통의 대
화가 있겠어요? 어제 쓰레기통에서 뭐 주웠어, 이런 대화를 같이
할 순 없잖아요.

그런 데 비하면, 우리 사회에서는 아주 부자인 사람과 그냥 막
노동을 하는 사람하고도 대화가 가능해요. 근로계층 사람이 "저
쪽 가게에 순두부가 5천 원 하는데 맛이 괜찮아요" 그러면 이쪽
재벌도 말로나마 "아 그래요? 5천 원짜리가 다 있네? 그게 그렇게
맛있다고요?" 이런 대화가 가능해요. 하지만 끼니도 해결하지 못
하는 극빈층하고는 대화가 안 돼요. 프랑스에서는 당연히 지식인
과 노동자들이 자유롭게 대화를 나눌 수 있죠. 물론 사람들 사이
에 빈부 차는 있지만, 그런 격차는 한쪽에는 온갖 특권을 누리는
소수가 있고 반대편엔 인간다운 삶을 영위하지 못하는 다수가 있

는 베네수엘라나 북한하곤 근본적으로 다른 겁니다. 그런데 지금 한국의 좌파들은 이 사회가 양극화가 심해서 정의롭지 못한 사회라고 얘기하는데, 프랑스의 좌파들도 그때 그랬어요. 글쎄, 절대빈곤은 없고 다 먹고살 만한 생활수준을 확보한 상태에서 누구는 더 가지고 누구는 덜 가진 정도의 격차가 정의롭지 못하다면, 정의로운 사회가 도대체 이 세상에 어디 있겠어요? 북한이요? 굉장히 사치스러운 극소수 상층계급 빼고 온 국민은 다 굶고 있는데, 평등하게 굶어서 격차가 없으니 그게 정의로운 사회인가요? 모든 사람이 다 똑같다는 의미의 정의로운 사회는 없어요. 아래 계층이 먹고 입고 웬만큼 인간다운 삶을 영위하는 사회에서 좀 더 갖고 좀 더 쓰는 건 사치의 문제지 먹고사는 문제가 아니잖아요.

최　좌파들은 자꾸 양극화라고 하는데, 사실 우리 사회는 진작에 절대빈곤을 면했잖아요. 웬만큼 잘살게 된 나라에서 상대적으로 있을 수 있는 격차를 양극화라고 부르는 것 자체가 기만이라고 저는 생각합니다.

박　맞아요. 우리 사회에 상대적으로 가난한 계층, 물론 있어요. 그러나 말이 가난하다는 거지, 다들 웬만큼은 먹고삽니다. 인서울 아니라도 웬만하면 아파트 살고, 위생적인 환경에서 웬만큼 품질되는 옷 입고 살아요. 그랬으면 됐지, 좌파 정치인들이 양극화라고 하는 건 이재용의 사치와 보통 사람들의 소박한 생활을 비교하면서 그 차이를 강조하는 건데, 이건 기만이고 선동입니다. 차이, 엄청난 거 맞아요. 엄청나면 어때요? 그 엄청난 사치를 원하면 자기가 노력해서 그런 부자가 되면 되는 거죠, 기회가 있는 나라인데. 카카오의 김범수 대표도 아주 가난한 계층에서 시작해 그런 부자가 됐다는 거 아니에요. 미국만 봐도, 물려받은 부자가 물론 있지만 스티브 잡스 보세요. 빅테크의 창업자들이 어디 상속받은 재산인가요? 아니잖아요.

최　김범수 회장, 딱이네요. 북한 같은 데서는 어림도 없는 일이죠.

박　그러니까 그런 사치를 누리고 싶으면 노력해서 하면 되는 거예요. 누가 말립니까? 힘든 노력 하느니 그냥 편안히 살고 싶다면 또 그런 대로 가난하게 속 편하게 살면 되는 거죠. 단순히 격차가 있는 걸 가지고 그걸 양극화라고 왜곡하면서 정의롭지 못한 사회라고 하는 것, 그거야말로 정의롭지 못한 겁니다. 또 한 가지, 우리나라 좌파들이 걸핏하면 스웨덴 들먹이는데 ─

최　마치 유토피아라도 되는 것마냥요.

박　레이몽 아롱이 스웨덴 얘기도 했어요. "요람에서 무덤까지 보호받고 있는 프랑스 국민들은 아직까지는 스웨덴 식의 천국과는 상당한 거리가 있지만 이미 사회보장의 천국에 살고 있다. 그런데 나는 우리나라(프랑스)가 스웨덴 식의 천국이 되는 것은 바라지 않는다. 프랑스인들은 아마 그런 식의 사회를 참고 견딜 수 없을 것이다." 이유가 뭐냐, 아주 간단해요. "스웨덴에서는 모범적인 시민들조차 암시장을 통해서 수입을 추구하는 경향이 있다."

최　저는 처음 듣는 얘긴데요?

박　사회보장을 하려니 세금을 굉장히 많이 떼 가잖아요. 그러니까 개인의 가처분소득이 부족할 수밖에요. 그렇게 되면 아주 건전한 모범적인 시민이라도 슬쩍 암시장에서 불법적인 노동으로 돈을 벌 수밖에 없다는 거예요. 그런 스웨덴인데, 프랑스 같은 사회의 사람들이 그런 걸 어떻게 견디겠는가 하는 얘깁니다. 그 스웨덴도 지금은 정책을 다시 만들기도 하고 그러는데, 여하튼 40년 전 당시 레이몽 아롱의 말은 그랬습니다.

최 　레이몽 아롱이 바라보는, 복지 천국 스웨덴의 허상이군요. 그런데요, 스웨덴이 그렇다고 사회주의냐 하면 그건 아니고 엄연히 자본주의 시장경제 국가란 말이에요. 말씀하셨듯 요즘은 복지 정책도 예전과 다르게 더 시장 친화적으로 바뀌고 있고요. 좌파들은 이런 얘기는 안 해요.

젊은 미국의 '유쾌한 낙관론'

박 　그러게 말입니다. 그리고 또 하나, 역시 우리 사회에 딱 적용되는 얘기인데, 우리나라 좌파들, 반미 사상 대단하잖아요. 물론 가식적이죠. 왜냐하면 자기 자식들은 다 미국에 유학 보냈으니까요. 여하튼 반미 사상이라면 자유민주 진영에서는 프랑스를 따라잡을 나라가 없어요. 프랑스는 과거에 굉장한 강대국이었잖아요. 모든 외교 언어는 프랑스어였고, 문학도 문화도 프랑스가 제일이라는 자부심이 대단했는데, 그 헤게모니가 미국으로 넘어갔거든요. 그 반발심리로 "미국은 무식하다" 이런 경멸감이 대단해요. 1960~70년대에는 베트남 전쟁도 있어서 프랑스 내 반미 사상이 한층 더 심했어요. 그런 프랑스인들의 미국에 대한 경멸 — 사실은 말로만 경멸인데 — 그걸 우리 한국인들이 내면화해 가지고 미국을 경멸하고 있죠. 프랑스처럼 미국을 경멸할 만한 축적된 문화도 없으면서.

사실 베트남전은 명분 없는 전쟁이기는 했어요. 게다가 인플레와 석유값 인상을 유발해서 세계 경제적으로도 통화 위기를 가져왔어요. 설상가상으로 1970년대 초에 닉슨의 워터게이트 사건으로 도덕적 위기까지 맞게 됩니다. 『자유주의자 레이몽 아롱』의 대담이 이루어진 1980년대 초는 그 후유증이 아직까지 남아 있던 시기입니다. 젊은 대담자들은 미국 시민들이 더 이상 자기 체제와 권력자들에 대해 그전 같은 신뢰를 갖고 있지 않다, 도덕적인 위기가 왔고, 베트남전은 명분 없는 전쟁이었다, 등등의 이야기를 하면서, 미국이 이런 정신적 위기에서 벗어날 수 있을까, 라는 질문을 했어요. 레이몽 아롱의 대답은 아주 단칼에, "물론이다"였습니다. 손톱만큼의 망설임도 없이, "미국은 도약의 능력이 있는 젊은 나라이기 때문"이라는 겁니다. 미국인들은 어느 한순간 완전히 짓눌리고 절망한 듯이 보이다가도 몇 년 가지 않아 곧 유쾌한 낙관론을 보여 준다는 거예요. 참 부러운 얘깁니다. 저는 이 책을 번역하면서 이 '유쾌한 낙관론'이 너무나 듣기 좋고 부러웠어요. 우리에게 부족한 게 바로 이 '유쾌한 낙관론' 아닐까 하면서.

최   그렇게 닉슨이 두들겨 맞고 사임하고, 1970년대 다 지나면 그
다음에 레이건이 나오지 않았습니까. 그러더니 그냥 한 방에 냉전
을 무너뜨리고, 독일을 통일시키고, 그야말로 세계의 역사를 다시
썼잖아요.

박   딱 '유쾌한 낙관론'을 가질 만한 젊은 나라입니다. 시간이 흐
르면 나쁜 기억을 훌훌 털어 버리고 앞으로 나아가는 나라는 언
제나 젊은 나라일 수밖에 없죠. 우리는 과거에서 한 걸음도 앞으
로 나아가지 못하고, 악착같이 거기 매달려 과거의 불행을 정권
유지에 이용하려는 세력이 있죠.

　 레이몽 아롱이 명예박사학위를 받으러 미국에 간 길에 거기 학
생들 앞에서 강연을 하는데, 자연스럽게 베트남전 얘기를 했대요.
그랬더니 학생들이 "아니, 아직도 그 옛날 얘기를…" 하면서 놀라
더라는 겁니다.

최   불과 10년 전 얘긴데요? 우리는 70년도 더 된 얘기를 어제인
것처럼 하는데…. 정말 구구절절이 정곡을 찌르는 얘기들이네요.

박   저는 이 대목에서 감동했어요. 너무 좋았어요. 우리도 이렇게
젊은 나라가 돼야 하는데….

최   사실 지금 2030은 그런 얘기들을 하고 있거든요. 청와대랑 민
주당만 듣지 못하는지 듣고도 딴청인지, 그게 문제인 거죠. 한일
관계 악화되는 것 보면 그냥 갑갑해 죽겠습니다.

박   사실 1980년대 초에는 '미국의 쇠퇴'라는 말이 여기저기서 들
렸어요. 그때 급부상한 게 일본입니다. 경제적으로 세계 2위가 되

니까 앞으로는 일본의 시대가 된다, 미국은 그대로 몰락할 것이다, 이런 얘기가 많이 나왔어요. 그랬던 시대에 미국의 쇠퇴를 어떻게 생각하느냐는 질문에 아롱은 한마디로 "아니다" 한 거죠, '80년대에요. 아직 컴퓨터도 인터넷도 대중화되지 않았고 디지털 시대는 꿈도 못 꾸던. 스마트폰만 해도 21세기 발명품이잖아요. 그런 새로운 산업 모델은 아직 나오지 않았고, 과거의 산업들을 사양길에 들어섰고, 일본은 무섭게 부상하고— 그런 시대였으니 미국이 조만간 쇠퇴할 거라는 건 합리적인 예측이었습니다. 다만, 요즘의 미국은 더 이상 과거처럼 자신만만하지 못하다는 점에서 약간의 쇠퇴라고 할 순 있겠죠. 그들은 더 이상 '젊은 개척자'는 아니니까요. 낙후한 산업도 많이 있고, 그 낙후한 산업에 안주하면서 그걸 변혁할 용기를 덜 보이는 것도 사실입니다. 하지만 아직도 일부 첨단산업에서 그들은 여전히 개척자예요. 그 첨단산업을 레이몽 아롱은 몰랐죠. 하지만 그게 바로 지금의 빅테크들, 아마존 구글 애플 페이스북 같은 것들이잖아요? 미국은, 오히려 그때보다 더, 어떤 나라도 넘볼 수 없는 나라가 됐어요. 그 얘기를 무려 40년 전에 한 거예요. 미국을 경멸하고, "미국은 곧 망할 거야"라고 생각하는 프랑스 사람들을 향해서. 왜냐? 우선 거대한 국토를 얘기했어요. 서방에는 미국만큼 거대한 국토를 가진 나라가 없고, 그 거대한 국토를 따라잡을 나라는 중국밖에 없다.

최 1980년대 일본 말씀을 하셨지만, 아닌 게 아니라 요즘은 중국이 떠오른다고 생각하는 한국인들이 많이 있어요. 저는 그렇게 생각하지 않습니다만.

박   같은 생각입니다. 중국이 국토도 넓고 인구도 많지만, 국민의 의식 수준은 미국과 비교가 안 돼요. 아무튼 계속 하면, 미국은 거대한 국토가 있고, 그다음 역시 서방에서 가장 많은 인구가 있고, 게다가 세계 2~3위, 어쩌면 여전히 세계 1위일지도 모르는 생산성을 소유한 나라라는 겁니다.

최   그 당시 생산성 하면 사실 일본이었죠.

박   그래서도 일본 부상(浮上)론이 팽배하던 때, 미국은 이런 나라니까 언제고 다시 도약할 거라고 확신을 갖고 예측했습니다. 과학의 개척자고, 서방 세계에서 가장 중요한 자리를 차지하고 있고, 그래서 미국은 여전히 거대한 실체라는 거죠. 심지어 서유럽이 자유주의 국가로 남아 있을 수 있는 조건이 바로 미국이라는 이야기까지 했습니다.

최   실제로 2차대전 후에 미국이 마셜 플랜 가동해서 경제 재건시켜 주고 소련의 진입을 다 막아 주지 않았습니까.

박   그런 도움을 줬는데도 일부 영역에서 일종의 피로감, 신뢰 결여 등이 나타난 거죠. 아롱이 이처럼 미국에 신뢰를 보낸 건 참 대단한 일입니다. 실제로 디지털 시대가 도래하면서 미국은 어느 나라도 넘볼 수 없는 강대국의 지위를 더 공고히 했잖아요? 물론 레이몽 아롱은 이것까지는 예측하지는 못했어요. 예측 이상입니다. 대단한 선각자고, 굉장히 확고한 신념이 있었어요. 우리나라 우파 지식인들이라면, 속으로는 미국을 아무리 긍정적으로 생각하더라도 막상 이런 질문을 받으면 좌파적 시각에 적당히 영합하는 뜨뜻미지근한 대답을 했을 거예요.

최 교수님 같은 분이 계신데요 뭐. 우리나라 지식인들도 레이몽 아롱한테, 아니, 멀리 갈 것 없이 박정자 교수님께 많이 배워야 할 것 같습니다.

박 아이고, 저야 뭐…. 아무튼 그 대담이 이루어진 시기는 1980년 12월이고 책으로 나온 건 1981년인데, 미리 소개해 주신 대로 제가 1982년에 처음 번역판을 낼 때 제목은 『20세기의 증언』이었어요. 1982년이니까, 10·26, 5·18 지나고 대학생들이 한창 데모하던 시절이었죠. 지금처럼 그 세력이 정권을 잡지는 않았지만, 그래도 굉장히 위험하다는 걸 기성세대는 느끼고 있었어요. 그때 이 책을 번역하면서도 구구절절 마음에 와닿았지만, 40년이 지난 지금 보니까 그때보다 훨씬 더 옳은 거예요. 이건 뭔가 잘못된 것 아닌가요? 아니, 40년이나 지났으면 "그래, 참 옛날 얘기지" 이러는 게 맞는데, 그때보다 오히려 지금 상황에 더 들어맞는다는 게 말이 됩니까? 우리 사회가 그동안 한 치도 발전하지 못했다는 것 아닙니까?

최 『자유주의자 레이몽 아롱』을 우리나라 대선 후보들이 좀 읽어야겠어요. 정치인들뿐만 아니라 시청자 여러분이 읽고서 자유주의란 무엇인지, 자유주의자는 모름지기 어때야 하는지, 많은 공부가 되셨으면 좋겠습니다. 우리도 레이몽 아롱처럼 용기를 내서 얘기하는 지식인들이 많아야 합니다. 지식인들이 말하기 시작하면

이어서 시민들이 말하고, 그러면 제일 게으르고 둔한 정치인들도 더 이상 모르쇠로 일관할 순 없을 것 아닙니까? 다가오는 대선에서, 레이몽 아롱이 예견한 미국 이야기가 대한민국의 미래에도 유효하다는 것이 입증되기를 기대해 봅니다.

아쉬운 시간이 정말 다가오고야 말았습니다. 박정자 교수님과 함께하는 '인문학으로 세상 읽기', 시간 가는 줄 몰랐는데 이렇게 제7강까지 왔고, 이것으로 아쉬운 작별을 하고자 합니다. 머지 않은 장래에 저희 펜앤드마이크에서 좀 더 좋은 기획을 만들어서 박정자 교수님을 다시, 이번에는 오래오래 모시도록 노력할 것을 다짐하면서, 오늘도 함께하시면서 댓글 많이 달아 주시고 후원도 해 주신 시청자 여러분께 다시 한 번 감사의 말씀 드립니다. 급히 하나만 소개하자면 "교수님, 지난 두 달 동안 지식을 채워 주셔서 저희 머릿속에 아주 시원한 바람을 불어넣어 주셨습니다" 이런 댓글 있고요, 일일이 소개해 드리지 못하는 것 송구스럽게 생각합니다. 교수님, 그동안 감사했습니다.

박　귀한 시간에 불러 주셔서 저야말로 감사하고, 아주 즐겁게 했습니다. 열심히 봐 주신 시청자 여러분, 정말 고맙습니다. 안녕히 계십시오.

아비투스, 아우라가 뭐지?

아나운서와 불문학자의 대담

초판 1쇄 발행   2022년 2월 18일

지은이   박정자
펴낸이   안병훈
펴낸곳   도서출판 기파랑
등 록   2004. 12. 27 제300-2004-204호
주 소   서울시 종로구 대학로8가길 56 동숭빌딩 301호   우편번호 03086
전 화   02-763-8996(편집부) 02-3288-0077(영업마케팅부)
팩 스   02-763-8936
이메일   info@guiparang.com
홈페이지   www.guiparang.com

ISBN 978-89-6523-574-3   03810